FOLIO JUNIOR

A comme Association

1. La pâle lumière des ténèbres, Erik L'Homme
2. Les limites obscures de la magie, Pierre Bottero
3. L'étoffe fragile du monde, Erik L'Homme
4. Le subtil parfum du soufre, Pierre Bottero
5. Là où les mots n'existent pas, Erik L'Homme
6. Ce qui dort dans la nuit, Erik L'Homme
7. Car nos cœurs sont hantés, Erik L'Homme
8. Le regard brûlant des étoiles, Erik L'Homme

Erik L'Homme

A COMME ASSOCIATION

La pâle lumière des ténèbres

Gallimard Jeunesse / Rageot Éditeur

À Jean-Lu et ses mastications inspirées.
À Romu et nos galères pirates.

En guise d'introduction

Pierre et moi nous sommes rencontrés le 30 novembre 2003, au Salon du Livre de Montreuil. Je possède une dédicace sur le premier tome de *La Quête d'Ewilan* qui me rappelle ce jour : « À Erik. Nos univers sont proches, nous le sommes sans doute aussi… On teste ? Amicalement, Pierre Bottero. »

Nous aurions pu en rester là, vivre nos vies parallèles d'auteurs, nous contenter de boire un verre au hasard des salons. Mais on a testé ! On s'est apprivoisés, lentement, pas à pas. On a discuté. On a même commencé à évoquer la possibilité d'un projet commun ! Ce n'était, à l'époque, pas encore le moment.

Ce moment est arrivé en 2008. Nous étions tous les deux à un carrefour. Nous pouvions partir chacun de notre côté ou bien faire un bout de route ensemble. J'ai appelé Pierre un soir de novembre. J'avais un projet à lui proposer.

Le 16 décembre 2008, j'étais chez lui, à Pélissanne. Autour de quelques tasses de café, je lui ai exposé les idées qui m'étaient venues. Il m'a écouté jusqu'au bout puis il a dit quelque chose comme : « Et si au lieu d'être là c'était ici ? » J'ai réfléchi et j'ai répondu un truc du genre : « Pas mal. Mais alors il faudrait que ce soit comme ça et que ceci devienne cela. » L'échange a duré longtemps. Nos yeux brillaient.

« Ça me plaît, a dit Pierre. On devrait mettre ça noir sur blanc. » Dans son bureau, nous avons jeté sur l'ordinateur la base d'un vaste projet. Une série fantastique, reposant sur trois principes fondamentaux :

– l'association (deux auteurs et deux éditeurs, main dans la main),

– la nouveauté (cet univers commun ne renvoie à aucun de nos univers particuliers, sinon pour des clins d'œil ponctuels),

– le plaisir (plaisir d'écrire, d'imaginer et de délirer ensemble).

A *comme Association* n'a donc aucun lien avec ce que Pierre a pu écrire précédemment. Je le précise à l'attention de ses lecteurs les plus fidèles. Inutile d'en chercher ou d'en inventer. C'est un projet indépendant, différent.

Nous avons fini de travailler tard, ce soir-là. Nous étions complètement excités. Les éléments s'ajoutaient les uns aux autres, les idées fusaient.

Le lendemain, avant mon départ, Pierre a voulu marquer l'instant à sa manière. Il m'a offert le dernier tome du *Pacte des Marchombres*. Sur la première page, il s'est amusé à écrire : « Pour mon vieux frère.

Alors voilà, c'est l'histoire d'une association qui… Quoi ? Tu connais déjà ? C'est ton projet ? T'es sûr ? Notre projet, tu veux dire ? Bon, je préfère ! Bonne route et à bientôt chez Walter et mademoiselle Rose. Je t'embrasse, Pierre B. »

Chez Walter et mademoiselle Rose. On y est maintenant. D'avril 2009, date à laquelle nous nous sommes concrètement attaqués au projet, jusqu'en novembre de la même année, on se téléphonait et s'écrivait souvent, on se motivait, se pressait, se bousculait, se titillait, se chambrait sans arrêt, dans un esprit d'émulation facétieuse. Comme deux gamins. Pierre a, durant cette période, écrit deux tomes. Il les a terminés mais n'a pas eu le temps de les reprendre, de les retravailler ainsi qu'il en avait l'habitude.

Ces deux manuscrits, les derniers qu'il a écrits, sont donc publiés « bruts de décoffrage ». Je les ai relus, j'ai corrigé ce qui me semblait devoir – pouvoir – l'être. Pas plus.

Après la mort de Pierre, j'ai dû prendre une décision. Soit jeter le projet aux oubliettes, ce projet sur lequel on travaillait depuis presque un an avec un entrain et un bonheur incroyables (avec jubilation, pour utiliser un mot cher à Pierre), soit le poursuivre, avec des aménagements.

Je dois avouer que j'ai longuement hésité. Mon éditrice et celle de Pierre me soutenaient à fond, quel que fût mon choix. J'avais également la confiance de la femme de Pierre, Claudine, qui s'en remettait à mon libre arbitre.

Il est difficile de porter seul le poids d'une décision importante. D'autant que ce projet n'avait de sens à mes yeux que parce que Pierre et moi le partagions. Il n'était rétrospectivement qu'un prétexte à tous les moments privilégiés que l'on passait ensemble. Mais avais-je le droit de laisser en jachère ce qu'il avait écrit ? Continuer l'aventure, n'était-ce pas un moyen de rester en sa compagnie ?

J'ai pris le temps de la réflexion. Puis j'ai essayé d'écrire quelques pages de la suite. Et tout est devenu évident. Pierre était là, au-dessus de mon épaule, avec son bon gros sourire. Attentif et bienveillant.

Quel qu'en soit aujourd'hui le résultat, j'assume pleinement ma décision. Parce qu'elle m'a semblé alors – et me semble toujours – la bonne.

Heureusement, je ne suis pas seul pour affronter l'avenir. Il y a Hedwige, directrice de Gallimard Jeunesse, et Caroline, directrice de Rageot. Nos deux Associées de toujours.

Et puis il y a vous, chers lectrices et lecteurs, futurs Associés !

À vous deux et à vous tous, merci d'être là avec moi. Avec nous.

Erik L'Homme

Prologue

Je m'appelle Jasper. Pourquoi pas Gaspard, comme tout le monde, il faut le demander à mes parents.

Sans garantie de réponse.

Je crois que ma mère avait un oncle dénommé Gaspard qu'elle aimait beaucoup. Lorsque je suis né, il y a environ seize ans de ça, elle a immédiatement pensé à lui, mais elle n'a pas voulu emprunter son nom sans son accord (ce qui aurait été difficile, ledit Gaspard étant mourant à l'époque).

Je précise tout de suite que ma mère est plutôt bizarre.

J'aurai l'occasion d'y revenir.

Mon père s'est finalement débarrassé du problème (c'est sa spécialité) en lui donnant une dimension internationale (une autre de ses spécialités...). Ils ont donc cousu Jasper, la version anglaise de Gaspard, sur ma layette.

Une chance que Casper soit un gentil fantôme parce que c'est comme ça qu'on m'a appelé jusqu'à la fin de l'école primaire.

J'ai eu droit ensuite, au fur et à mesure que j'avançais vers la puberté, à « J'espère », « J'aspire » et « J'asperge », puis au lycée, l'âge et l'érudition venant, à Jasper le Roi mage et au fameux « Tu crèches où ? », qui a fait se tordre de rire une cohorte de faux camarades.

S'ils savaient ! Jasper le mage, brûleur d'encens. Ils ne sont pas tombés loin.

Mais pas question de magie ni de plantes ce soir. Je marche dans les rues de Paris désertées par les badauds réfractaires au petit vent d'hiver, les mains dans les poches d'une veste noire en toile huilée (un peu grande pour moi mais je l'adore), ma besace (qui ne me quitte jamais) battant ma hanche, jetant vers les recoins obscurs des regards acérés.

Non, ce soir je ne suis pas Jasper le tueur, le nettoyeur. Je ne suis que Jasper l'émissaire, collant au plus près au sens (strict) de mon nom : « Celui qui vient voir ».

Celui que je viens voir s'appelle Fabio.

Fabio. Je me répète plusieurs fois ce prénom en remerciant mentalement et avec ferveur mes parents d'avoir finalement opté pour Jasper.

Mes ordres sont clairs : toiser sévèrement le dénommé Fabio (ça, c'est un préambule à ma sauce) et lui rappeler le code de bonne conduite des Anormaux.

À savoir rester discrets.

Dans l'ombre.

Invisibles, indécelables.

Vivre comme s'ils n'existaient pas, aux yeux des gens normaux en tout cas.

Or, ces derniers temps, Fabio s'est montré exagérément imprudent. Un homme s'est plaint à la police d'avoir été agressé par un fou qui a cherché à le mordre. C'était la nuit dernière. Deux nuits plus tôt, une jeune femme a été admise aux Urgences le cou entaillé par une profonde morsure. Dans les deux cas, l'Association a été obligée d'intervenir pour calmer les esprits. Et l'Association n'aime pas intervenir.

Elle préfère prévenir.

C'est pourquoi je suis là ce soir, pour rappeler Fabio à l'ordre.

Quand même, bon sang (et c'est le cas de le dire), ce n'est pas bien compliqué pour un vampire de se nourrir proprement !

Je piétine sur place, contrarié. Fabio est en retard. À l'angle de la rue Bram-Stocker et du passage Murnau, où l'Association donne traditionnellement rendez-vous aux vampires, je me les gèle. Mes orteils sont recroquevillés dans les solides chaussures en cuir qui me font passer pour un ringard auprès des filles de ma classe, mais qui me permettent de marcher confortablement et longtemps sans que mes pieds se transforment en ersatz de camemberts. Ce Fabio, je ne vais pas me contenter de le toiser avec sévérité. Je vais le foudroyer du regard !

Au moment où, avec délectation, je me passe cette scène dans la tête, le bruit d'une alarme me fait sursauter. Puis la vitrine d'une bijouterie toute proche explose, percutée de l'intérieur par un corps qui chute sur le trottoir avant de se relever et de prendre la fuite.

J'ai le temps de voir le visage du cambrioleur : c'est Fabio.

– Hé ! Euh, stop ! Fabio ! Monsieur Fabio ! Attendez ! je lance en bégayant.

Ça peut paraître surprenant mais il ne s'arrête pas. On dirait même qu'il accélère.

Je lâche un juron.

– Fabio ! Ne faites pas l'idiot !

Un mort à qui je chuchoterais à l'oreille me prêterait plus d'attention que le type après lequel je hurle.

Dans les films d'action que je regarde sur écran géant, le poursuivant gagne toujours du terrain sur le fuyard. Curieusement, ce n'est pas du tout le cas. Il faut dire qu'un vampire, même catarrheux au dernier degré (je n'ai pas dit cathare, ce genre de Créature n'est pas parfaite), pourrait en remontrer à un champion olympique. Ce que je ne suis pas du tout. Le sport n'a jamais été mon fort (désolé Nelson).

Mes poumons commencent d'ailleurs à faire des bruits curieux, à mi-chemin entre le râle et le sifflement. Mais je n'ai pas perdu de vue Fabio. Pas encore.

Lui aussi ne semble pas dans son assiette. Une conséquence du choc contre la vitre peut-être. Peut-être. Quoi qu'il en soit, ça fait mon affaire. En pleine possession de ses moyens, il m'aurait semé depuis longtemps.

Mon téléphone portable sonne furieusement.

Tout en pestant contre la technologie et ceux qui l'utilisent au mauvais moment, je décroche et lance un « Allô ! » rageur.

– *Jasper ? C'est Ombe. Tout va bien ?... J'entends des bruits bizarres...*

Ombe ? LA Ombe ? Cette fille absolument sublime débarquée récemment du Québec pour rejoindre la branche parisienne de l'Association ? L'image de son visage mangé par deux yeux bleus magnifiques, encadrés par des cheveux blonds délicats et soulignés par une bouche aux lèvres purpurines, s'impose à moi avec une telle violence que mon cœur pourtant au point de rupture trouve encore le moyen de s'emballer.

J'essaie de maîtriser ma respiration. Je ne parviens qu'à m'étouffer un peu plus.

– Ça va ! Je poursuis... un suspect... taillé comme une... armoire à glace... Je suis sur le point... de le rattraper... Il n'a plus... aucune chance... !

– *Je vois*, répond-elle sur un ton que j'ai du mal à analyser. *Jasper, j'ai besoin d'un renseignement. Comment vient-on à bout d'un Élémentaire de la terre ?*

– D'un... euh... je réponds avec ma vivacité d'esprit habituelle. De l'eau... Il faut l'arroser d'eau... Pourquoi... ? Est-ce que tu... ?

Mon téléphone fait bip-bip. Ombe a raccroché. Et merde. Devant moi, Fabio va décrocher. Re-merde.

Je pourrai toujours poursuivre ma conversation avec Ombe plus tard, avec Fabio, ce sera plus difficile.

Tout en continuant à courir, je fouille dans ma sacoche. Il faut absolument arrêter ce vampire.

Mes doigts se referment sur un assemblage de fines cordelettes reliant entre elles de grosses gousses d'ail. Ça devrait faire l'affaire. J'extirpe tant bien que mal mon bola artisanal et je le fais tournoyer maladroitement au-dessus de ma tête.

Je me suis longuement entraîné à son maniement. J'ai même capturé avec lui toutes les chaises de l'appartement. Mais je n'avais pas imaginé être obligé de m'en servir en courant.

Tout en croisant les doigts (de la main gauche, pas besoin de handicap supplémentaire), je lance mon arme sur Fabio dans un « Ahan ! » hésitant entre le formidable et le grotesque. Je sais que je n'aurai pas de seconde chance.

Les gousses d'ail tourbillonnent joliment dans les airs, libérant une fragrance caractéristique qui fait se retourner (et gémir) le vampire. Car si la littérature a véhiculé beaucoup de bêtises à leur sujet, il reste parfaitement exact que les vampires développent une vive allergie à l'ail et aux ultraviolets. Ils gonflent, se couvrent de vilaines plaques rouges et un œdème de Quincke se révèle souvent fatal en l'absence d'antihistaminique adapté à leur morphologie.

Fabio se retourne et fait un écart pour éviter mes gousses virevoltantes. Il se prend les pieds dans un plot dépassant à peine du sol et chute lourdement tandis que mon bola termine sa course contre un container à ordures.

Le vampire n'a pas le temps de se relever: je me jette sur lui et le maintiens plaqué contre le bitume. Je lui fourre ma carte d'Agent de l'Association sous les yeux, pour qu'il sache à qui il a affaire autant que pour grappiller les minutes indispensables au contrôle de ma respiration.

– Je suis l'Ager Jaspent, je finis par dire d'une voix rauque. Je veux dire, l'Agent Jasper. Et je suis contraint de procéder à votre interpellation. J'espère que vous n'en garderez pas une dent contre moi.

Une dent contre moi… Pathétique. Dans la famille « Je mets toutes les chances de mon côté pour me faire des amis », je demande le fils.

Désolé, je suis le roi du mauvais calembour et du jeu de mots foireux. Je ne peux pas m'en empêcher et le pire, c'est que je ne m'entraîne même pas. Je fais de l'esprit comme monsieur Jourdain faisait de la prose, c'est une seconde nature !

Heureusement, pas de réaction. Pas à ma blague: à ma carte. En effet, celle-ci indique clairement que je suis Agent stagiaire. Et un Agent stagiaire n'a aucune autorité pour arrêter un Anormal. Comme un vampire voit très bien la nuit, celui-là doit vraiment avoir un problème pour ne pas sourciller devant le S (comme Stagiaire).

Je récupère dans ma sacoche la bouteille d'eau qui

ne me quitte jamais (j'ai tout le temps la gorge sèche, une horreur) et la vide à moitié pour éteindre une toux naissante. La vache ! Cette course dans le froid m'a détruit les poumons.

Je sors ensuite une paire de menottes absolument pas réglementaires et les passe à Fabio avant de l'obliger à se relever. Il n'oppose aucune résistance. Pourtant, je ne pèse pas lourd face à lui.

Je n'exagérais pas, tout à l'heure, avec Ombe.

Fabio est un grand costaud aux longs cheveux noirs, vêtu de cuir dans le genre gothique. Je ne suis pas franchement petit mais il me dépasse quand même d'une demi-tête et d'une pleine largeur d'épaules (je suis du genre fin et racé, ce que les jaloux traduisent par « grand maigre qui a poussé trop vite »). La seule chose qu'on a en commun, c'est la pâleur du visage. La couleur des cheveux, aussi, aile de corbeau (mais du genre tignasse rebelle chez moi, plus que chevelure étincelante). Et puis le goût des vêtements sombres.

À la réflexion, je pourrais tout à fait passer pour un vampire ! Si j'étais plus costaud et si mes pupilles avaient des reflets rouges.

À propos de reflets… lorsque je plante mes yeux (noirs) dans ceux de Fabio, je m'aperçois qu'il y a quelque chose qui cloche.

Ses yeux sont fixes, légèrement voilés.

Mon vampire ressemble aux types shootés que j'ai pu voir dans certaines soirées. Soirées que j'ai fini par déserter, malgré les recommandations de l'Association qui tient à ce que ses Agents restent en phase avec leur environnement. D'accord, le fait que les filles ne s'intéressent jamais à moi sinon pour ricaner a pesé lourd dans ma décision. Mais ce qui est vrai aussi, quand on côtoie le monde de l'Anormal et qu'on fricote avec l'adrénaline, c'est qu'on devient assez difficile en matière de divertissements.

– Visiblement, je dis à Fabio, tu n'es pas en état de bavarder. Mais je ne peux pas te laisser filer.

Je réfléchis très vite. Réfléchir, c'est ce que je fais de mieux. Après les blagues nulles. Alors je trouve rapidement une solution.

– Je vais t'enfermer quelque part, je lui annonce. Le temps de prévenir l'Association qui s'occupera de toi.

Je regarde la ruelle dans laquelle la poursuite nous a entraînés.

Déserte. Sombre. Glacée.

Je frissonne tout en avisant une porte métallique attaquée par la rouille, à ras du trottoir. L'entrée d'une cave.

J'éprouve sa résistance d'un coup de pied.

Elle tient bon. Parfait !

Je fouille à nouveau dans ma sacoche. J'écarte les tubes d'huiles essentielles, soulève mon herbier et déniche enfin les petites boîtes dans lesquelles je conserve mes cristaux réduits en poudre.

Je soupire en pensant à Harry Potter. Quel bonheur si la magie était simple comme dans les livres !

Un coup de baguette magique, un ou deux mots en latin et hop, la réalité qui se plie à nos désirs. Mais ce n'est pas comme ça que ça marche. Une voiture ne démarre pas parce qu'on tourne le volant dans tous les sens en criant « Vroum ! vroum ! ». Il faut du carburant dans le réservoir, une clé qui fasse contact, une impulsion électrique qui provoque une explosion, une explosion qui déclenche le démarrage.

Ensuite, bien sûr, il faut savoir conduire.

Eh bien la magie, c'est pareil. Il faut provoquer une réaction en chaîne pour arriver à un résultat dont on conserve la maîtrise. En commençant par le début.

Le début, donc. Je vérifie que Fabio n'a pas profité de mon bavardage pour filer à l'angle et à l'aise (hum).

Il n'a pas bougé.

Raide comme un pieu (façon de dire).

Je repère ensuite dans le bric-à-brac sans nom qui règne dans ma sacoche la boîte contenant l'améthyste broyée. J'en prélève une pincée, m'approche de la serrure et souffle la poudre dans le mécanisme.

C'est la première étape.

Entre autres usages, l'améthyste est employée pour ouvrir des passages, débloquer, défaire les tensions. C'est pourquoi je l'ai choisie.

D'autres pierres auraient pu faire l'affaire mais j'en porte certaines autour du cou, serties dans un pendentif de défense de ma fabrication, capable de provoquer des interférences magiques aussi sûrement que les moqueries de mes petits camarades de classe, s'ils le découvraient. Autant éviter les unes et les autres.

Maintenant que la bonne clé est dans la serrure, il faut mettre le contact.

C'est la deuxième étape.

J'approche mon visage de la serrure et je parle aux particules d'améthyste.

D'accord, ça peut sembler assez délirant au premier abord. Mais quand on veut quelque chose, le plus simple c'est de le demander. Alors je demande à l'améthyste de débloquer la serrure et ça donne quelque chose comme :

– 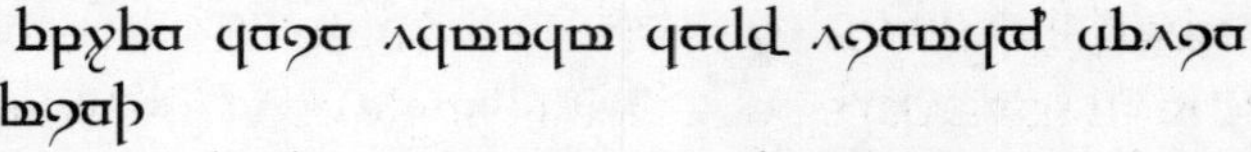

Bon, je l'admets, très peu de personnes sont capables aujourd'hui de lire le haut-elfique dans sa version quenya.

La graphie annatar est heureusement plus courante :

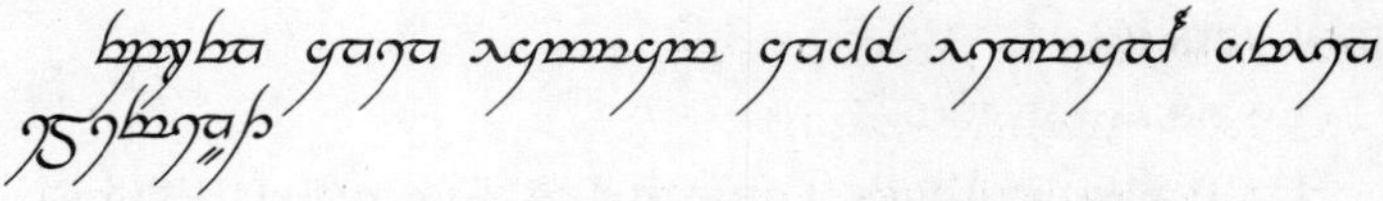

Ce qui donne en clair, pour les nuls en langues et les elfophobes : « *Equen anin latyat ando lintavë helin imirin !* », et qui signifie approximativement : « Je dis ouvre-moi la porte rapidement, violette de cristal ! »

Violette de cristal, c'est une idée à moi et j'en suis assez fier.

Toutes les choses ont un nom et sont affectées

par un ensemble de sons familiers liés à leur essence. Nommer une chose, c'est attirer son attention. La nommer correctement, c'est la rendre réceptive. C'est pour cela que la magie est si particulière. Elle réclame de connaître les noms des choses et de savoir les charmer, avant même de songer à les utiliser. Ces noms, on les découvre en tâtonnant, en faisant fonctionner son intuition et son intelligence.

Quand j'ai commencé à apprendre la magie, j'ai rapidement compris trois choses : d'abord que le monde n'est pas désenchanté ; il a été désenchanté, ce qui n'est pas pareil. Ensuite que le monde est resté réceptif et qu'on peut communiquer avec lui. Enfin, que ce qui gouverne le monde, ce n'est ni l'amour ni la haine, mais l'habitude.

Partant de là, j'ai cherché quel était le langage que le monde avait l'habitude d'entendre avant d'être, comment dire, désactivé par les hommes.

J'ai découvert que c'était celui des Elfes, partis en exil vers les Havres Gris.

Le haut-elfique.

Bien sûr, pour peu qu'on maîtrise les rituels et qu'on dispose d'une énergie intérieure conséquente, on peut pratiquer la magie en utilisant de vieilles langues humaines comme le latin, le sanskrit ou le gaélique. Le runique est particulièrement efficace et il m'arrive de m'en servir pour certains cas d'urgence. J'y reviendrai certainement (je le crains)…

La magie fonctionne aussi avec des langues

récentes comme l'anglais ou le français. Parce que chaque langue contient une part des temps anciens. Mais plus on s'éloigne des origines et plus le lien se distend.

À mon sens, rien ne vient chatouiller le monde comme les sons de la langue du peuple qui l'a le mieux respecté : le quenya, donc, ou haut-elfique. Tous les magiciens d'un niveau respectable sont obligés à un moment ou à un autre d'en passer par lui, même si peu le pratiquent couramment. J'ai bien essayé plusieurs fois de l'expliquer à Ombe (en guise d'approche, diraient les mauvaises langues), mais je n'ai pour l'instant pas rencontré un franc succès.

Pourquoi « violette de cristal » ? Le haut-elfique est une langue poétique qui autorise les figures les plus complexes (mais laisse hélas peu de place aux boutades). J'ai remarqué qu'en appelant l'améthyste par son nom générique, ɷqqb, pardon, *sar*, « petite pierre », elle mettait moins de zèle à répondre qu'en la comparant à une jolie fleur.

Les hommes ne sont pas les seuls à se montrer sensibles à la flatterie.

D'ailleurs, je jaspine (comme dit ma mère pour me taquiner ! Un autre de mes travers…), je jaspine et pendant ce temps la serrure cède et libère le passage.

J'empoigne mon vampire toujours plongé dans sa torpeur et je l'entraîne avec moi dans l'obscurité humide du sous-sol. Tandis que mon pied touche le ciment de la cave et que, à l'aide d'une lampe torche sortie de ma sacoche miraculeuse, je repère un pilier contre lequel je vais pouvoir attacher Fabio, je repense à Ombe et à notre conversation téléphonique.

Qu'est-ce que je lui ai dit, déjà, au sujet des Élémentaires de la terre ?

– L'air, l'air éparpille la terre, je répète à voix haute en fronçant les sourcils. J'espère que mon information lui aura été utile.

1

13 rue du Horla. L'immeuble dresse fièrement son antique façade entre un terrain vague où vacille depuis des années un panneau annonçant la construction d'une résidence de luxe et les murs rongés par le salpêtre d'un hôtel défraîchi.

L'heure est matinale et l'air plus vif que moi.

Je rentre la tête dans les épaules en frissonnant, pareil à une tortue à laquelle on aurait posé un lapin.

Comme d'habitude, l'entrée n'est pas fermée. Le hall sent l'urine. L'endroit respire l'abandon et je peux tout à fait imaginer le mélange de surprise et d'inquiétude saisissant le visiteur ignorant ou le démarcheur égaré lorsque l'ampoule, répondant à l'appel de l'interrupteur, inonde la cage d'escalier d'une lueur blafarde.

Curieusement, il n'y a aucun appartement au rez-de-chaussée.

Sur le palier du premier étage, une porte avec une plaque récente : « Amicale des joueuses de bingo ».

Je grimpe un étage de plus. Là aussi une seule porte,

arborant en caractères fatigués : « L'Association ». Le panonceau est plus ancien.

Je sais qu'au troisième et dernier étage se trouve le « Club philatéliste », mais je n'y suis jamais monté.

À qui appartient l'immeuble, mystère (même si j'ai ma petite idée là-dessus), mais l'impression qu'il donne, c'est d'être planté là de toute éternité.

Je frappe, en prenant grand soin de ne pas être à côté de la plaque. Cette porte en bois recouvert d'une ignoble peinture verte (heureusement très largement écaillée) vibre d'un sort tellement puissant que j'en attrape chaque fois des sueurs froides. Je me fais régulièrement la promesse, si je tombe un jour sur le magicien qui l'a installé, de ne pas le mettre en colère…

J'entends le clic de déverrouillage et je pousse la porte.

L'intérieur contraste agréablement avec l'extérieur. De grandes fenêtres généreusement ouvertes malgré la température hivernale éclairent un vaste couloir décoré de tableaux représentant des scènes mythologiques. Au-delà, des bureaux, une bibliothèque et je ne sais pas quoi d'autre vu que je n'ai jamais été autorisé à faire le tour du propriétaire.

Il existe par contre un endroit qui n'a pas de secret pour moi : c'est le bureau de mademoiselle Rose. En face de l'entrée, telle une barbacane protégeant un château, il constitue un point de passage obligé.

– Bonjour Rose, je lance bravement en pénétrant dans la pièce.

Je m'affale sur la chaise dédiée aux visiteurs, laissant ma sacoche glisser sur le sol. Mademoiselle Rose abandonne un instant l'écran de son ordinateur pour m'observer. Je tente de soutenir son regard, avant de renoncer devant l'intensité de ses yeux gris.

– Tu es en retard, Jasper.

– Je sais, désolé, je réponds d'une voix coupable. C'est que j'ai eu une soirée plutôt agitée...

Elle hoche la tête.

– J'ai entendu dire.

Puis elle se replonge dans son travail, me laissant à plat, euh, en plan sur ma chaise.

Quand j'ai quitté la cave, hier, après y avoir enfermé Fabio, j'ai immédiatement déposé un message sur la boîte vocale d'urgence. Est-ce que c'est mademoiselle Rose qui est chargée de la relever ? Visiblement.

De toute façon, rien ne lui échappe.

Jamais.

Elle est toujours au courant de tout, impossible de lui cacher quelque chose. Je le sais, j'ai essayé plusieurs fois ! Désormais, eh bien, je vais au plus simple et je lui dis moi-même ce qu'elle finirait immanquablement par apprendre. Nos relations s'en sont beaucoup améliorées. Il n'y a qu'à voir la chaleur de nos retrouvailles...

– Euh, je peux repasser si je dérange.

– Ne dis pas de bêtises.

Rien d'autre. Condamné à la chaise et les triques.

Je prends mon mal en patience et tente d'imaginer mademoiselle Rose plus jeune, sans son éternel chignon, sans ses lunettes rondes, sans ses cheveux gris. Sans son air sévère. Je n'y arrive pas. Certaines personnes sont faites pour être vieilles.

Des cris étouffés m'arrachent à mes hautes considérations philosophiques. Je me penche pour regarder dans le couloir, amenant ma chaise à la limite de l'équilibre. Les cris proviennent du bureau de Walter.

– Ça barde chez le directeur ! je lance à une Rose imperturbable. À qui le tour de se faire pourrir ?

Le regard de mademoiselle Rose se pose à nouveau sur moi.

– Ce ne sont pas tes affaires.

Elle me considère un moment puis émet un soupir clairement perceptible.

– Bon, on va s'occuper tout de suite de ton rapport.

Parce que c'est la raison pour laquelle je suis venu ce matin, en sacrifiant (le mot est peut-être un peu fort) deux heures de cours : rendre compte de ma mission.

C'est pareil pour tous les stagiaires, où qu'ils soient et quoi qu'ils fassent : on leur colle sur le dos des tâches ingrates, on ne leur accorde aucune considération et on leur demande de rendre des comptes à la moindre occasion.

– Je commence par quoi ? je dis à mademoiselle Rose, qui s'est équipée d'un stylo et d'un bloc.

Elle esquisse un geste vague de la main signifiant que ça n'a aucune importance. Je prends mon inspiration (dans tous les sens du terme).

– C'était la nuit, une nuit sans doute plus froide que les autres. Un vent venu des tréfonds de l'enfer balayait la rue dans laquelle j'avançais, le regard tendu vers les ténèbres où s'agitaient mille monstres tourmentés, méprisant la peur et bravant les signes de danger innombrables. Tout à coup, à l'angle des rues qui avait été élues pour fixer ce rendez-vous capital duquel allait sans doute dépendre le sort de l'humanité…

Un autre soupir de mademoiselle Rose, plus appuyé que le précédent, m'arrête net dans mon récit.

Stoppé dans mon élan, je m'embrouille avant de bafouiller :

– Euh, en fait j'ai poireauté un bon moment dans le passage Murnau avant de voir Fabio sortir précipitamment d'une bijouterie. Je l'ai poursuivi et j'ai réussi à le rattraper. Mais je ne me voyais pas le ramener ici alors j'ai préféré l'enfermer dans une cave.

Cette fois, mademoiselle Rose hoche la tête.

– Les Agents envoyés pour s'en occuper ont effectivement trouvé sur lui un sac de bijoux volés.

Je me mords la lèvre. La remarque de mademoiselle Rose ressemble à une approbation mais sonne comme un reproche.

– Je ne me suis pas contenté d'enfermer le vampire dans la cave, je me défends avec véhémence.

D'accord, j'ai oublié de le fouiller, mais quoi qu'il ait pu avoir sur lui, il ne se serait jamais enfui.

– Des menottes, c'est bien ça ? dit mademoiselle Rose sur un ton condescendant.

– Un cercle ! je me récrie.

Elle fronce les sourcils.

– Les Agents sur place n'ont signalé aucun pentacle.

– Ah (j'ai le triomphe modeste) ! J'ai emprisonné le vampire dans un cercle constitué d'ail haché et séché. Si les Agents que vous avez envoyés n'ont rien vu, vous devriez les convoquer séance tenante !

Je réussis l'exploit absolu d'arracher une ébauche de sourire à mademoiselle Rose.

– Merci Jasper. C'est tout. Il faut que tu ailles au lycée maintenant. N'oublie pas cet après-midi le séminaire de formation.

Aucun risque que j'oublie, j'ai une excellente mémoire. Mademoiselle Rose remarque mon hésitation à partir.

– Il y a autre chose ?

– Oui. Je ne sais pas ce qu'ont raconté les autres, mais hier soir en tout cas, Fabio était bizarre. Son comportement était... incohérent. S'il était humain, j'aurais dit qu'il était drogué.

Mademoiselle Rose griffonne quelque chose sur son calepin avant de me fixer d'un air sévère. Et voilà ! Je ne suis plus un Agent de l'Association venu rendre son rapport mais un élève de première qui n'a pas intérêt à rater le cours d'anglais...

Je fais au revoir avec un signe de la main et quitte le local en traînant les pieds.

Le froid me saisit dans la rue. Je remonte mon col, ajuste l'écharpe (noire évidemment) ajoutée ce matin à ma panoplie antifroid, avant d'adopter un pas rapide et de prendre la direction du métro.

C'est à ce moment-là que j'aperçois sur le trottoir d'en face un homme en train de m'observer.

Attentivement.

Je délire peut-être. On devient vite parano à force de côtoyer le bizarre. N'empêche que ce type me dévisage.

Ma tenue vestimentaire n'est pas extravagante, je n'ai pas de bouton sur le nez, on ne se connaît pas, bref, aucune raison valable de s'intéresser à moi.

Sauf si c'est un pervers ou quelqu'un qui a percé à jour mon statut d'Agent stagiaire de l'Association.

J'opte pour la seconde option, nettement moins flippante.

Je consulte ma montre. J'ai le temps, alors autant ne prendre aucun risque.

Je balaie les alentours d'un regard insistant, à la recherche d'une idée. J'avise la vapeur blanche crachée par un évacuateur d'air dans une ruelle, un peu plus loin. Un bar. Féroce !

Un plan s'élabore dans ma tête.

J'entre dans l'établissement occupé par une poignée de vieux jouant aux dés devant un verre de muscat et avance jusqu'au comptoir. Le patron est une patronne aux traits flous et aux boucles lasses. Je commande un café, un grand verre d'eau et les toilettes.

J'en profite pour vérifier si mon suspect me file toujours le train. Bingo, comme s'exclameraient nos amicales voisines du premier. L'homme s'est arrêté en face du bar pour se plonger dans la lecture d'une affiche vantant les mérites d'un sommier.

Je le détaille à mon tour. Taille standard, manteau gris, tête de Monsieur Tout-le-monde. Rien de particulier.

Je me fais peut-être un film. Ou pas. De toute façon, j'applique un principe de précaution.

Je m'enferme dans les toilettes, relativement propres à mon grand soulagement. J'ouvre la fenêtre qui (re-bingo) donne sur la ruelle.

Je sors alors l'herbier de ma sacoche.

Le monde moderne a produit quelques très bonnes choses, comme le caramel au beurre salé, les Doors ou le philosophe Gaston Saint-Langers, mais il faut reconnaître qu'il a tout faux sur pas mal d'autres plans.

La nature, par exemple.

La magie n'est possible que par la nature. Nature qui porte en elle une part d'ombre et des secrets. Elle n'a pas de volonté, pas de pensée. Elle existe. Autonome. Libre et indifférente, sauf pour ceux qui déploient des efforts pour lui parler : les magiciens, sorcières et assimilés. Les magiciens n'essaient pas d'appliquer au monde leurs concepts humains, ils ne le regardent pas de haut, ne tentent pas de le soumettre. Ils s'y promènent et sollicitent des alliances de circonstance…

Enfin, tout ça pour expliquer que je vais me sortir de cette mauvaise passe avec l'aide de mon herbier, et pas de la balayette à chiottes !

Je commence par poser sur le couvercle des toilettes un brasero miniature. J'y introduis un morceau de charbon, que j'allume avec un briquet. Puis je choisis les plantes séchées que je vais brûler : camomille pour ses vertus de concentration des énergies, fougère pour ses capacités à éloigner les personnes malintentionnées et houx pour ses aptitudes à renforcer les sorts et étendre leur durée. On peut utiliser les plantes de plusieurs manières, en poudre ou en décoction par exemple, mais le sort d'illusion que j'ai en tête réclame de la fumée.

En même temps que les plantes se consument dans mon brasero, je prononce les mots qui activeront leurs pouvoirs, définiront l'objectif et leur donneront l'envie de m'aider à le réaliser :

– 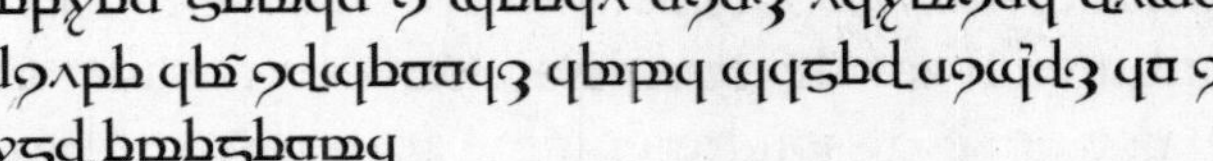

Ce qui se traduit par : « *Equen : meran i seyëal nin, laurina olva ar filqe ar piosenna, arwa sameo hisëo, an i cotumo etementa…* » et signifie à peu près : « Je dis que je veux que vous me ressembliez, camomille et fougère et houx, avec l'aide de la brume, pour bannir l'ennemi… »

Plutôt alambiqué mais d'habitude les plantes apprécient. D'ailleurs, la fumée se stabilise. Les volutes se regroupent, ondulent dans l'air comme des serpents. Puis elles glissent dans la ruelle par la fenêtre ouverte.

Je grimpe sur la cuvette afin de les accompagner du regard.

Le ruban de fumée se dirige vers le nuage de vapeur et entame une curieuse danse du ventre. Je découvre généralement en même temps que je les lance la façon dont agissent mes sorts. J'ai parfois de mauvaises surprises mais ce coup-ci, c'est plutôt chouette ! La vapeur blanche se mélange à la fumée et je retiens un hoquet de stupéfaction : dans la ruelle, un clone de moi-même vient d'apparaître. Rien ne manque, ni la sacoche ni les cheveux ébouriffés. Seul un œil exercé remarquerait un léger flottement au niveau de l'attitude. Mon style est inimitable, je le crains.

L'illusion attend d'être repérée puis s'en va dans la ruelle. Génial ! Je suis génial ! D'après mes calculs, l'illusion va balader l'inconnu pendant environ vingt minutes avant de trouver un moyen pour filer à l'anglaise et se dissoudre comme un morceau de sucre dans une tasse de thé.

Tout à mon autocongratulation, je manque de me faire repérer par le type qui emboîte le pas à mon fantôme et je dégringole de la cuvette.

J'étais donc bien suivi.

Pas de temps à perdre. Je jette le charbon incandescent dans les toilettes, tire la chasse, enveloppe le brasero dans un morceau de papier journal et le fourre avec l'herbier dans ma sacoche.

Je regagne ensuite le comptoir, où la patronne me fusille du regard (sûr qu'elle croit que j'ai usé et abusé des chiottes). J'avale mon café tiède d'une traite, vide goulûment le verre d'eau (j'avais le gosier comme une râpe à fromage), pose une pièce sur le comptoir et quitte le bar fissa en direction du métro.

Je sais que l'incident doit être signalé à l'Association. Je m'en occuperai à la première occasion, promis. La perspective d'un autre rapport (et donc d'un autre tête-à-tête avec mademoiselle Rose) me coupe l'envie de jouer au stagiaire modèle.

Je préfère de loin me réjouir de mon succès. Car j'ai réussi un coup… fumant !

Je me surprends à chantonner :

« *Riders on the storm*
Into this world we're thrown[1]… »

1. The Doors, « *Riders on the storm* ».

2

Je n'aime pas le lycée. Enfin, ce n'est pas tout à fait exact. Ce que je n'aime pas, c'est l'obligation d'y aller. Devoir rendre sa vie compatible avec les horaires de l'administration scolaire, voilà qui rapetisse l'exploit du saumon remontant les torrents !

Des millions d'années d'évolution pour en arriver là : se rassembler en troupeau à l'appel d'une sonnerie ! Se couler dans un moule conçu pour tout le monde et donc personne, s'obliger à des efforts surhumains comme se lever avant le soleil et (pire) essayer de ne pas s'endormir pendant le cours de maths, en échange de bonnes notes sur un carnet censé plaire aux parents (je parle de ceux des autres) !

Bon, j'exagère, j'exagère toujours. Mais l'école évoque pour moi d'innombrables heures d'ennui, un ennui trompé par mille rêveries généralement incompatibles avec les bonnes notes évoquées un instant plus tôt.

Il n'y a que deux trucs qui sauvent à mes yeux cette

institution d'une destruction nucléaire méritée : les filles et les copains. Surtout les filles.

Non, d'abord les copains. J'en ai deux (des copains…) : Jean-Lu et Romu.

On s'est trouvés en entrant au collège, comme se reniflent entre eux les chiens qui n'ont pas eu de chance, abandonnés au bord du chemin, contemplant le monde avec de grands yeux tristes. Ce qui se ressemble s'assemble, dit-on.

C'est pas faux (et je sais ce que ressembler veut dire !).

Physiquement d'abord, on a tous les trois des cheveux sombres et une peau blafarde à rendre jaloux un mort-vivant.

Psychologiquement ensuite, on partage la certitude d'être incompris.

Spirituellement enfin, on a découvert à travers moult expériences diverses avariées que s'il y a un dieu quelque part, on ne l'intéresse carrément pas.

J'oublie tout un tas d'autres points communs comme la capacité de lorgner la poitrine d'une fille pendant des heures, de jouer une nuit entière à *Donjons et Dragons* et de faire hurler les voisins en répétant baffles grands ouverts les compos de notre groupe *Alamanyar* (une tribu d'elfes partis un jour d'on ne sait où et qui ne sont jamais arrivés nulle part, pour donner une idée de notre état d'esprit).

– Oyez, oyez, gentes dames et damoiseaux ! J'ai l'honneur de vous signaler la présence parmi nous du sémillant Jasper ! Vos applaudissements, s'il vous plaît !

– Arrête Jean-Lu, je dis sans pouvoir m'empêcher de rougir.

Cet idiot est monté sur un banc, dans la cour, et fait son numéro avec un sourire d'ogre content de lui.

Jean-Lu est une force de la nature, dans le genre gros qu'on n'a pas envie d'emmerder. Il a une voix de stentor dont il abuse. Depuis quelques mois (malgré nos hurlements), il se laisse pousser la moustache et le bouc.

– Bah, me dit Romu en me tapant sur l'épaule, tu le connais, ça l'amuse. Plus tu insistes…

Romu, lui, est tout en longueur. En calme et en douceur. Des cheveux longs, des lunettes rondes, des santiags, des vêtements noirs passablement usés.

C'est la couleur de nos habits qui nous a rapprochés. Pas au début : on pensait chacun avoir affaire à un gothique ou un métalleux ! Et puis on s'est rendu compte que Jean-Lu porte du noir pour paraître moins gros, Romu pour se donner des airs de poète maudit et moi parce que cette couleur (ou plutôt cette absence de couleur) m'apaise.

– Salut Jean-Lu, je dis en lui serrant la main. Dis donc, c'est la grosse forme (j'insiste sur grosse).

– Ah ah ! T'es un marrant, Jasp, il répond de sa voix chaude. En attendant, hier, tu as tout raté. C'était énorme ! ajoute-t-il en me faisant un clin d'œil.

Mince, c'est vrai, c'était hier la fameuse soirée au *Ring* !

Romu embraie :

– Il y avait des filles, Jasp. Des canons.

Je déglutis.

– Et euh… vous deux…

– Houlà, en rêve, vieux, comme d'hab, juste en rêve ! intervient Jean-Lu.

Je pousse un soupir de soulagement. Non pas que je sois mauvais camarade, je suis tout à fait capable de me réjouir du bonheur d'un ami. Mais être le seul à rater LA fille de l'année à cause d'un vampire moisi, ça m'aurait rendu fou.

– En plus, Jean-Lu a eu un super contact avec le patron du pub, reprend Romu en me glissant un sourire entendu.

– Jean-Lu ? Avec le gars du pub ? je fais en leur lançant un regard moqueur plein de sous-entendus.

– Éteins vite cette lueur perverse dans ton regard, soupire Jean-Lu, ou je m'en charge. Écoute plutôt : je lui ai parlé d'*Alamanyar* et il est partant pour nous laisser la scène un de ces soirs ! Alors, continue-t-il avec un air triomphant, c'est qui le meilleur ?

– Tu veux dire qu'on jouerait devant un public ?

– Un public avec des filles, précise Romu.

– Et tout le monde sait, glousse Jean-Lu, que les filles ne résistent pas aux rock stars !

Rock star. Même si le rock en question est fortement mâtiné de folk avec une bonne couche de médiéval, ces deux mots sonnent comme une promesse.

J'en reste baba. Or, hum, ce n'est pas si fréquent…

– Il a dit quand ? je demande.

– Non, mais on doit y aller après l'heure d'anglais pour laisser une maquette.

Je grimace.

– Ce sera sans moi, les gars. J'ai un cours particulier.

Je déteste mentir, encore plus à mes deux seuls amis, mais que faire d'autre ? Leur annoncer de ma plus belle voix : « Désolé, j'appartiens à une société secrète et je suis tenu de suivre une formation spéciale » ?

Ils me toisent d'un air soupçonneux.

– Ce n'est pas un rendez-vous, hein ? s'assure Jean-Lu.

– Halte aux fantasmes, je me récrie, trop heureux qu'ils puissent se l'imaginer. Je vous promets que j'ai un cours particulier cet après-midi, ça vous va ?

– Ça nous va, confirme Romu au moment où, comme la trompette de la cavalerie, la sonnerie nous rappelle à nos devoirs.

Mais en même temps que je joue le vertueux, le visage d'Ombe s'impose à moi. Je vais la revoir tout à l'heure et j'en ai des frissons dans le dos. Cette pensée, aussi exaltante que déstabilisante, m'accompagne jusque dans la salle de cours.

Je me laisse tomber lourdement sur ma chaise, près de la fenêtre. Romu s'installe à côté. Jean-Lu est juste devant, seul. Ça lui permet de prendre ses aises.

Tandis que la prof, surnommée par nos soins Nice-and-pretty (d'autres s'en sortent moins bien, il faut me croire), écrit au tableau, il se retourne pour nous souffler, les yeux pétillants :

– J'adore les cours d'anglais !

Moi aussi. Sans faire de lèche, j'aime bien les cours de langue. On peut dire que c'est mon point fort, avec une prédilection (l'elfique n'étant hélas pas près d'être enseigné à l'école) pour le latin.

Mais aujourd'hui mon esprit est ailleurs. Du côté de l'immeuble de l'Association et du mystérieux inconnu que j'avais aux trousses.

Est-ce que j'ai halluciné ? Non, il s'intéressait à moi, c'est évident.

La question est « Pourquoi ? ».

Même s'il m'arrive d'avoir une assez haute opinion de moi-même (quand je réussis à envoyer une boule de papier dans la corbeille, par exemple), j'ai du mal à croire que cet homme me suivait moi. Je m'explique : moi en tant que moi, Jasper, élève de première d'un niveau moyen plus, joueur de cornemuse (interdiction de rire) au sein du groupe *Alamanyar* et postulant (au coude-à-coude avec deux autres gars habillés en noir) au titre de plus grand ramasseur de râteaux auprès des filles de la classe. Cet homme aurait pu filer le Jasper fils-de-son-père, dans le but de réclamer une forte rançon qui aurait été payée (pour se débarrasser du problème, bien sûr). Mais l'endroit où j'ai été pris en chasse m'incite à opter pour une autre version :

il en avait après Jasper l'Agent stagiaire, recruté par l'Association six mois plus tôt pour son talent dans les pratiques magiques…

C'est étonnant comme la vie bascule parfois sans qu'on s'y attende. Même si « chaque jour est un nouveau jour », ainsi que l'affirme un philosophe médiatisé ou bien une publicité pour un supermarché, je ne sais plus, c'est toujours (et seulement) un événement, fort ou anodin, qui est à l'origine de tout.

Nous nous étions rendus un après-midi, Jean-Lu, Romu et moi, dans l'arrière-salle d'un magasin qui vendait quantité de jeux et parmi eux les jeux de rôle qu'on adore.

Ce jour-là, un maître de plateau renommé, venu spécialement pour l'occasion, animait une partie et on s'est retrouvés en compagnie d'autres passionnés à compulser frénétiquement les cartes et à bouger nos figurines. Je m'étais glissé dans la peau d'un mage et les choses allaient plutôt bien pour moi. Au moment de partir, le meneur de jeu m'a retenu en me posant la main sur l'épaule. Il m'a dit que j'étais doué et il m'a parlé d'un club qui organisait des jeux de rôle grandeur nature. J'étais emballé, bien sûr, et je nous imaginais déjà, Romu, Jean-Lu et moi, courir dans les couloirs d'un château déguisés en chevaliers ! Mais il a douché mon enthousiasme en me demandant de n'en parler à personne. Un club d'élite, réunissant les meilleurs. Seulement les meilleurs.

Je pense qu'il faut être bon psychologue pour devenir meneur de jeu. En tout cas, il avait mis en plein dans le mille.

Les meilleurs…

Mon éperdu besoin de reconnaissance a lutté un instant contre ma loyauté avant de triompher. Je n'en ai pas touché un mot à mes amis.

Dès le lendemain, j'ai composé le numéro de téléphone que le gars m'avait laissé et on m'a donné rendez-vous dans un café branché, le *Mourlevat*. Ça m'a rassuré qu'on cherche à me voir dans un lieu public.

Alors j'y suis allé.

À quel moment se situe le fameux événement que j'ai évoqué plus tôt et qui décide d'une vie entière ? La partie ? Ma décision d'appeler ? Celle de me rendre au rendez-vous ? Un peu des trois, je crois.

Le destin n'est que la conjugaison du hasard et de la volonté. On peut souhaiter et guetter toute sa vie une occasion qui ne vient jamais. Inversement, il suffit d'une opportunité qu'on ne saisit pas et on passe à côté de son destin.

Ça fait froid dans le dos.

Dans le cas présent, j'ai eu le bon réflexe. Poussé par la curiosité, je me suis trouvé un beau jour de printemps assis en face de Walter.

Je dois avouer que j'ai d'abord été déçu. Walter est un vieux de cinquante ans. Il est chauve, transpire tout le temps et s'éponge régulièrement le crâne avec un mouchoir dégueulasse. Il a aussi du bide. Bref, l'archétype de celui qu'on ne veut pas du tout devenir plus tard. Il portait une chemise bleue à carreaux qui n'avait sûrement jamais rencontré de fer à repasser et une cravate jaune canari qui avait dû remporter de nombreux prix de ringardise (j'ai compris plus tard, hélas, qu'il avait fait ce jour-là un gros effort vestimentaire...). Mais il émanait de lui une aura qui mettait immédiatement en confiance. Un charisme puissant, détonnant avec son apparence ridicule.

En plus sa voix était chaude et grave, son sourire contagieux.

– J'en sais davantage sur toi que tu l'imagines, a-t-il dit avant de poursuivre, devant ma moue dubitative : tu t'appelles Jasper, tu vis livré à toi-même ou presque dans un appartement trop grand de l'avenue Maumé-jean. Tu joues de la cornemuse, tu possèdes un don pour les langues et tu t'adonnes en secret à la pratique de la magie.

Heureusement que j'étais assis parce que j'étais sur le cul.

Je me revois encore, abasourdi, secouant la tête.

– La magie ? Mais que... Comment...

– Rassure-toi, a-t-il continué en s'essuyant le front, ces informations resteront confidentielles, quelle que soit ta décision.

– Ma décision ?

Que ceux qui ont déjà eu l'impression de jouer dans un épisode de *La Quatrième Dimension* lèvent le doigt !

– Baisse ton doigt, m'a-t-il dit, ce n'est pas encore le moment des questions. Je vais être le plus clair et le plus concis possible, d'accord ?

J'ai hoché la tête et vidé le verre de Perrier devant moi, tandis que Walter vérifiait que personne ne s'intéressait à notre conversation.

– Je m'occupe d'un organisme dont la plupart des gens ignorent l'existence et qu'on appelle l'Association, m'a-t-il expliqué en baissant la voix.

– Je sais, j'ai répondu, le meneur de jeu m'a averti. Vous faites des jeux de rôle grandeur nature, du genre réaliste, c'est ça ?

Walter a retenu un gloussement.

– C'est un peu ça. Un peu… Ouvre grand tes oreilles et ne perds rien de ce que je vais te dire : les hommes ne sont pas seuls sur terre, ils ne l'ont jamais été. Ils ont simplement oublié. En réalité, de nombreuses Créatures vivent à côté de nous, en marge ou pleinement intégrés, dans les deux cas en toute discrétion.

– Des Créatures ? Du genre quoi, vampires et trolls ?

Je n'ai pu empêcher mon ironie naturelle de reprendre le dessus. Mais mon interlocuteur était tout à fait sérieux.

– Vampires, trolls, loups-garous, gobelins, goules, esprits du feu ou du vent, vouivres et autres monstres de la terre et de l'eau, pour allonger la liste. Au milieu de tout ça, l'Association joue un rôle clé. Elle gère la cohabitation entre le monde de ces Créatures, que nous appelons Anormaux, et celui des humains, plus nombreux, plus vulnérables aussi.

– Les Normaux ? j'ai complété en comprenant qu'il s'agissait d'une vraie conversation.

– Absolument ! Les Normaux. Mais pour réussir ce tour de force, l'Association utilise les ressources d'une troisième catégorie d'individus : les Paranormaux. Des humains dotés d'aptitudes particulières.

– Avec des pouvoirs, c'est ça ? Du genre Spiderman ou Les Quatre Fantastiques ?

Mon cœur battait la chamade. Le sourire de Walter s'est élargi.

– De ce genre-là, oui, mais en moins spectaculaire. Quoique… Bref, l'Association contribue à l'harmonie entre communautés. Par la force s'il le faut. Grâce à nos Agents, parfaitement formés, nous parvenons à maintenir l'équilibre. Nous gérons l'Anormal, turbulent par nature, avec le Paranormal !

J'ai alors posé la question qui me brûlait les lèvres.

– Si vous me dites ça, c'est que vous pensez que… que j'ai des pouvoirs ?

– L'Association a des recruteurs qui sillonnent lieux et manifestations où les talents, je préfère ce terme, sont plus facilement détectables : stades, rencontres sportives, églises, communautés mystiques, tournois et autres cercles de jeux.

– Le maître de plateau, l'autre jour, il travaille pour l'Association ?

– Oui. Il a senti l'énergie que tu dégageais en

manipulant ta figurine de sorcier. Il a compris qu'en t'identifiant à ce personnage tu révélais une part cachée de toi-même. La petite enquête que nous avons menée par la suite nous l'a confirmé : tu parviens à dominer les forces qui sont à l'origine de la magie et tu le sais, puisque tu t'amuses à le faire lorsque tu es seul. Avec discrétion, un bon point pour toi !

– Vous êtes allé fouiller chez moi ? je me suis offusqué.

Il m'a arrêté d'un geste autoritaire.

– Tu n'auras pas de réponse à toutes tes questions. Sache seulement que l'Association dispose de moyens importants. Maintenant, qu'en penses-tu ?

– Que je pense quoi de quoi ?

– Eh bien, adhérer à l'Association ! En tant qu'Agent stagiaire, pour commencer. Tu t'engages simplement à accomplir quelques missions simples, à suivre les enseignements dispensés par l'Association et à ne rien révéler à personne. Jamais. En échange, l'Association te permet de cultiver tes talents et te donne les coups de pouce dont tu peux avoir besoin dans ta vie quotidienne.

– Une sorte d'agent secret, hein ? j'ai dit alors que je tremblais d'excitation. Et il n'y a que ces trois contraintes ? Pas de contrat signé avec du sang, pas d'âme vendue au diable, de malédiction ou d'autres trucs du genre ?

Walter a ri franchement, cette fois.

– Non. Juste des règles à observer. Neuf règles. Tu les connaîtras lorsque tu viendras au local pour signer ton contrat.

Il a soupiré.

– Un contrat signé avec ton sang, a-t-il confirmé avant d'éclater de rire. Désolé Jasper, mais pas moyen d'y couper !

Pas moyen d'y couper.

J'ai frissonné.

Walter avait le même sens de l'humour que moi…

3

L'avantage, quand on rêvasse en cours, c'est que les heures passent plus vite. L'inconvénient, c'est quand la prof s'en rend compte.

Nice-and-pretty, plus très « nice » mais « pretty » en diable sous le coup de la colère, a décrété au bout de la première demi-heure :

– Mais vous dormez tous aujourd'hui ! Sortez une feuille : contrôle surprise !

Le genre de mauvaise blague qui a vite fait de déborder au-delà du temps réglementaire. Ce qui explique que, le temps des quelques vannes incontournables avec les potes en sortant, je suis en retard et je cavale comme un fou dans les rues pour ne pas louper le séminaire consacré (je compulse le programme tout en courant) aux trolls, si je déchiffre correctement les instructions codées.

Rue Hébus. Un institut privé de langue dresse sa façade muette au fond d'une cour.

Je me ramasse la porte en verre avant de me rendre

compte qu'elle coulisse toute seule et demande à l'accueil, haletant et me frottant le nez, l'emplacement de la salle numéro 13. L'institut n'appartient pas à l'Association, elle se contente d'y louer un auditorium de temps en temps, selon les besoins de son cycle de formation.

Je grimpe les marches en vitesse.

Salle 13. Devant la porte, un faux balayeur mène une garde vigilante. Je lui montre ma carte d'Agent stagiaire qu'il inspecte sous toutes les coutures. Je prends quelques secondes pour me calmer puis j'entre.

Un coup d'œil suffit à m'apprendre que je suis le dernier. Je baisse les épaules devant l'air réprobateur de l'homme qui se tient debout face à un tableau blanc. Sûrement le spécialiste des trolls. L'Association emploie régulièrement des intervenants extérieurs qui sont des experts dans leur domaine.

Une quinzaine de jeunes gens attend que je m'installe. Des adolescents. La quatrième règle de l'Association le stipule : « L'agent a au moins quinze ans. » Il n'est (heureusement) pas fait mention de l'âge mental.

Je cherche une place des yeux et mon regard croise celui d'Ombe. Le rouge me monte au visage. C'est plus fort que moi, cette fille me met dans tous mes états. Mais présentement, la contraction de ses mâchoires et son expression furieuse m'incitent à trouver refuge à l'autre bout du petit amphithéâtre.

– Bien, commence le spécialiste des trolls avec un

fort accent germanique, puisque tout le monde est présent, nous allons commencer.

Je vois nombre de mes camarades s'apprêter à prendre en note les propos de l'expert. Moi je n'écris jamais rien à chaud. J'ai une excellente mémoire. Je laisse décanter les informations et je note les principales plus tard, dans mon *Livre des Ombres*, le cahier dans lequel un sorcier rapporte son savoir et ses expériences.

Je sors ma bouteille d'eau. Le cours doit durer trois longues heures.

À côté de moi, un blondinet du nom de Jules souligne le mot « Trolls » qu'il a mis en titre. Je lève les yeux au ciel. C'est ça, son pouvoir, fayoter ? Tête de nœud, va. Je connais les autres stagiaires de vue mais je ne sais rien d'eux à part leur nom. Les règles cinq et six y veillent : « L'Agent garde secrète la nature de son travail », « L'Agent ne révèle jamais ses talents particuliers ».

Je me demande souvent quels sont les talents d'Ombe. Charmer les gens ? Non, elle ne fait cet effet-là qu'à moi. J'ai remarqué que les autres essaient plutôt de l'éviter. Tant mieux ! Moins de concurrents… Ce n'est pas la magie non plus, je l'ai déjà vue tisser un sort, c'était lamentable. Alors quoi ? Elle se débrouille bien en sport, c'est certain. Pour le reste, mystère. Ombe la mystérieuse. Moi, j'adore les mystères.

– Les trolls, donc, continue le spécialiste. Qui

parmi vous a déjà eu affaire à eux ? En réalité, bien sûr, pas dans les livres !

Personne ne lève la main. Je me retiens *in extremis* de demander si un homme qui porte des chemises froissées et des cravates immondes peut être considéré comme un troll. L'ambiance n'a pas franchement l'air d'être à la rigolade…

– Pour résumer, reprend-il en dessinant la Créature au tableau, un troll mesure environ deux mètres. Très gros, il est aussi très fort. Capable de vous broyer le genou avec deux doigts. Comme ça : crac.

C'est à ce moment-là seulement que je m'aperçois qu'il boite.

– Est-ce qu'un troll sent mauvais ? demande le blondinet avant de se justifier : j'ai lu une bande dessinée sur les trolls…

C'est bien ma veine. Mon voisin de banc n'est pas seulement un fayot, c'est aussi l'idiot de la classe !

– Non, il ne sent pas mauvais, enfin, pas plus qu'un autre, répond l'expert décontenancé. Il faut savoir que le troll est plutôt solitaire. Sauf au printemps, lorsqu'il est poussé par l'instinct de reproduction. Mieux vaut alors éviter certaines zones rocheuses où il aime se réfugier avec sa compagne.

Des ricanements montent de l'amphithéâtre. Ça devient enfin *rock and troll* !

– Cela explique, soupire-t-il, qu'on ne rencontre jamais de bandes de trolls comme on rencontre des bandes de Garous.

– Ils parlent ? demande quelqu'un.

– Non seulement ils parlent mais ils parlent bien ! Les trolls sont capables de la plus grande violence, sauvage et destructrice, mais ils adorent philosopher.

On sent l'étonnement dans la salle. Un étonnement que je partage et qui me pousse sottement à lever le doigt. Je dis sottement, car je surprends une moue réprobatrice sur le visage d'Ombe. Tant pis, je me lance.

– Vous êtes ironique, là ? Les trolls, des philosophes ?

– Absolument. Certains ont même le sens de l'humour. Oh, un humour bien à eux mais indéniable. Le troll est un être de contraste, à la fois barbare et raffiné. Ce n'est toutefois pas sa seule particularité.

La vache, il sait jouer avec le suspense !

– Le troll est aussi extrêmement sensible à la magie.

Là, je dresse une oreille attentive.

– Vous avez, je pense, entendu parler de cette pratique qui s'appelle la soumission, dit l'expert en détachant ses mots. Soumettre quelqu'un, humain ou Créature, est un acte magique de haute volée, officiellement interdit, et surtout très difficile à réaliser. Sauf sur les trolls.

J'ai lu quelque part un truc sur la soumission. Il faut d'abord immobiliser la victime dans un pentacle. Par sécurité. Car le sort, complexe, est long à mettre en place.

– Ce n'est pas mon rôle, continue notre formateur,

de vous enseigner les pratiques interdites. Mais il est possible que vous soyez un jour confrontés à un troll soumis. Votre seule chance d'en sortir vivant est alors de le libérer, afin de pouvoir entamer avec lui une indispensable négociation. Sous l'emprise d'un maître, il n'a pas de volonté propre et se contente d'obéir. Or un troll est rarement soumis pour s'occuper d'un parterre de fleurs…

– Comment est-ce qu'on libère un troll ? demande une fille que je sais s'appeler Nina, aux cheveux plus rouges qu'une carotte.

– Le moyen le plus noble, dit le spécialiste, consiste à défaire le sort de soumission en empruntant la voie magique. Malheureusement, cela est encore hors de votre portée et le restera longtemps. Théoriquement, on peut aussi tuer le troll. Mais c'est difficile de neutraliser un troll quand on n'est pas soi-même capable de soulever une voiture d'une main ou d'abattre un immeuble à coups de tête… Il reste heureusement la possibilité de tuer celui qui a pratiqué le sort de soumission. La mort du lieur délivre immédiatement le troll.

Pas à notre portée ? Parle pour toi, mou du genou. Moi, je me sens parfaitement capable de délivrer un troll en suivant le chemin des arcanes !

– Et la fuite ? demande le blondinet, plus pâle que le blanc d'un œuf au plat.

– Ce n'est même pas la peine d'y penser, répond l'expert en étouffant une grimace et en se raidissant.

Un troll est capable de rattraper un cheval lancé au galop.

Je m'apprête à relever le quota des questions intelligentes quand notre instructeur se tourne vers Ombe. Je remarque alors son iPod, vissé dans les oreilles.

À tous les coups, elle n'a rien écouté. Aïe ! Ça va barder.

– Alors, mademoiselle ?

– Alors quoi ?

Des murmures emplissent l'amphithéâtre. La voix d'Ombe, claire et forte, vient de retentir, teintée d'une rare insolence.

Elle écoutait bien, en fin de compte…

– J'expliquais à vos camarades, continue l'expert sans relever la provocation, qu'un troll est, parmi les Anormaux, le plus facile à soumettre, ce dont certains magiciens peu recommandables ne se privent pas. Je leur expliquais également à quel point un troll soumis peut s'avérer dangereux et leur exposais les deux seuls moyens à leur disposition pour se tirer d'affaire si d'aventure une telle Créature s'en prenait à eux.

– Ah.

– Comment ça, ah ?

– Ah. Juste ça. Ah.

Waouh. Comment elle arrive à rester aussi calme ? J'échange ma collection complète des Doors contre son secret…

– Je suppose que vous avez un avis sur la question…

– Quelle question ?

– Comment sauver votre peau quand un troll soumis a décidé de vous réduire en bouillie ! répète l'expert passablement énervé.

– Je suppose que la réponse que vous attendez tient en un seul mot : magie, mais, au risque de vous décevoir, celle que je choisis en nécessite deux.

– Très bien. Et quels sont ces deux mots ?

Je sens que ça va être énorme.

– Des baffes !

Énorme !

– Je vois, répond l'expert en secouant la tête.

Plantant son regard dans celui d'Ombe, il ajoute, comme un avertissement :

– Certains pensent en effet qu'assommer une Créature soumise rompt le sort. Je crains hélas que cela ne fonctionne que dans les légendes. En tout cas, personne n'a jamais témoigné de l'efficacité de cette mesure contre un troll. À un affrontement direct, je ne saurais trop vous conseiller de privilégier la mort du magicien à l'origine de la soumission. C'est moins risqué.

Je vois Ombe sourire et grogner de satisfaction.

Je réprime un frisson. Est-ce à cause de son sourire éclatant, ou du sentiment fugace et parfaitement déraisonnable que, dans un combat l'opposant à un troll, je ne miserais pas toutes mes billes sur le troll ?

Du coup, mes pensées reviennent en force vers elle.

Depuis quand est-elle arrivée dans l'Association ? En même temps que moi, je crois, ou à peu près. On ne peut pas dire qu'on est tout de suite devenus les meilleurs amis du monde. Après non plus, d'ailleurs.

Ombe est aussi distante que moi avec les autres. Avec cette différence que les autres l'indiffèrent alors que moi ils m'énervent.

Pourquoi est-ce qu'elle m'obsède à ce point ? Parce qu'elle est belle à tomber ou mystérieuse, comme je le disais ? Les deux, sans doute. Jean-Lu ajouterait, un brin sarcastique : « Parce que tu ne l'intéresses pas, imbécile ! »

Vrai aussi. Enfin, pas tout à fait.

Quand on l'observe, d'accord, on n'imagine pas qu'Ombe puisse avoir besoin de quelqu'un. Pourtant elle m'a appelé, hier soir ! Elle avait un problème et c'est vers moi qu'elle s'est tournée.

Ça cache quelque chose, non ?

Le cours s'oriente ensuite sur la morphologie des trolls et leurs habitudes alimentaires, m'obligeant à une attention plus soutenue. Le crissement effréné du stylo sur le papier, à côté de moi, m'arrache un soupir. J'en viens à regretter que l'expert ne soit pas venu faire son cours avec un vrai troll particulièrement friand de blondinets…

Au moment où le cours s'achève, le formateur me fait signe de rester. Pas de doute, je vais avoir droit à une engueulade pour mon retard.

Stoïque, alors que les autres quittent la salle, je le rejoins près du tableau.

– Jasper, c'est ça ?

Je fais oui de la tête.

– Je ne t'ai pas vu prendre de notes. Mon cours ne t'a pas intéressé ?

Je ne réponds pas directement. Je me contente de réciter la liste des (très) nombreux parasites qui aiment se nicher dans les poils du troll. Il reste silencieux, se contente de m'observer. À la fin, il hoche simplement la tête.

– Je suis chargé d'un message par ton directeur. Il aimerait que tu passes au local le plus vite possible.

Le plus vite possible, en langage walterien, ça veut dire immédiatement.

Mon estomac proteste. Occupé par les innombrables devoirs de ma double vie trépidante, je n'ai rien eu le temps d'avaler depuis le petit déjeuner. Tant pis, je m'arrêterai dans une boulangerie en allant prendre le métro.

Je tourne les talons, hésite puis finalement reviens vers lui. J'aime bien savoir, c'est un de mes défauts (et une de mes qualités).

– Votre jambe, c'est un troll ?

– Exact. Il m'a broyé le genou. Avec deux doigts.

– Je m'en doutais ! Vous vous en êtes tiré comment ?

– J'ai négocié. Par chance, il était de bonne humeur.

– Il vous a laissé la vie sauve en échange de quoi ?

L'expert tire sur son pantalon et exhibe une prothèse en résine.

– Le reste de ma jambe.

Devant mon air horrifié, il me confie :

– J'ai dit qu'un troll pouvait rattraper un cheval au galop. C'est vrai. Les Jeeps aussi, en terrain accidenté. Le problème, c'est que la poursuite dure plus longtemps et que ça attise son appétit…

Je ne suis pas certain de vouloir en savoir plus. Je bafouille un remerciement avant de battre en retraite.

Ombe m'attend derrière la porte, le dos contre le mur et les bras croisés. Encore sous le choc, je n'ai pas le temps de m'étonner de sa présence.

– Tu as vu ? je commence. Le spécialiste, là, il s'est fait bouffer la jambe par un troll !

– Si c'est toi qui lui as expliqué comment se comporter face à ce genre de bestiole, ça ne m'étonne pas.

Son ton est acerbe. Je déglutis.

– Euh, il y a un problème, Ombe ?

– Un problème ? Non, aucun problème. Juste une question : pourquoi tu m'as dit, hier, qu'on se débarrassait d'un Élémentaire de la terre avec de l'eau ?

– Ah… J'ai dit ça ? J'ai dit de l'eau ? Tu es sûre que je n'ai pas dit de l'air ?

– Je me rappelle parfaitement de ce que tu as dit, Jasper, et tu sais quoi ? assène-t-elle en pianotant sur ses biceps. J'ai failli y passer, avec tes conneries !

Je remarque alors qu'elle porte un simple tee-shirt sur son jean. Un peu léger en plein hiver ! Elle ne semble pas avoir froid. Moi non plus d'ailleurs, mais sûrement pas pour les mêmes raisons.

– Je suis désolé. J'étais persuadé… Mais on était ensemble à ce cours sur les Élémentaires, non ? Tu l'as entendu aussi bien que moi que l'air disperse la terre alors que l'eau la renforce !

Ombe ne dit rien. J'en profite pour prendre l'avantage.

– En plus, tu m'as appelé alors que j'étais en mission. Figure-toi que j'ai poursuivi – et capturé – un vampire hier soir ! Tout seul !

Je me rengorge fièrement. Ombe me dévisage avant de hausser les épaules.

– Il devait être bourré, ton vampire.

Puis elle me tourne le dos et s'éloigne rapidement, gracieuse et fluide, ses cheveux fouettant l'air et libérant une irrésistible fragrance.

Bon sang, mais qu'est-ce qu'il faut que je fasse pour l'impressionner ? C'était un vampire quoi, merde ! Et il n'était pas bourré.

Enfin, presque pas.

4

– Tu as fait du bon travail, Jasper. C'était ta première mission en solo et tu l'as réussie.

Je suis assis dans le bureau de Walter et je bois du petit-lait (traduction pour les allergiques aux locutions et autres lactophobes : j'éprouve en écoutant les paroles flatteuses de mon chef une vive satisfaction d'amour-propre !). Il faut dire qu'après la discussion avec Ombe dans ce couloir trop chauffé, j'avais soif. Principalement de reconnaissance…

– En effet, je crois utile d'ajouter en adoptant un ton exagérément modeste : coincer un vampire n'est pas chose facile. Il m'a donné du fil à retordre, l'animal, mais il a finalement trouvé son maître. Lorsque je lui ai bondi dessus, avec la vitesse du lynx et la force du lion…

Une grimace de Walter m'arrête net dans mon envolée et je retombe comme un soufflé trop cuit.

– Certes, Jasper. Mais laisse les lions tranquilles. Comme je viens de te le dire, tu as su gérer la situation, c'est tout ce qui compte pour moi. Dissimuler le vampire dans une cave – une cave ouverte sans effraction ! – et le ligoter avec de l'ail pour qu'il se tienne tranquille, voilà ce que j'appelle du beau boulot !

Son visage écarlate s'épanouit en me souriant. D'un geste mécanique, il essuie avec son mouchoir la sueur qui perle sur son front. Il porte une cravate qui hésite entre le bleu et le vert, avec des points blancs, sur une chemise rose foncé. Et un truc jaune greffé sur la poche. L'horreur !

– Ah…, j'arrive seulement à articuler.

– Enfin un stagiaire qui comprend ce que l'Association attend de lui ! De la dis-cré-tion. De la re-tenue. Ce n'est pourtant pas compliqué, hein ? Quand on dit gérer l'Anormal par le Paranormal, ça ne veut pas dire se jeter tête la première par la fenêtre, n'est-ce pas ? Ni défoncer un mur ou utiliser une pioche au lieu de son cerveau !

– Oui monsieur, je réponds sans saisir à quoi il fait allusion.

– Bref, conclut Walter. Ce n'est pas pour cela que je t'ai demandé de passer. Tu as dit quelque chose à Rose au sujet de ton vampire, je crois.

– J'ai signalé à mademoiselle Rose que Fabio, le vampire que je poursuivais, avait un comportement bizarre. On aurait dit qu'il était drogué.

– Ivre ?

Ah non, il ne va pas s'y mettre lui aussi !

– Non, non, pas soûl, drogué. Il ne titubait pas,

il ne sentait pas l'alcool. Il avait simplement l'air… absent. Shooté.

Walter hoche la tête, sort une enveloppe de son bureau et me la tend.

– Ta mission s'étant conclue par un succès, je t'en confie une autre. Elle découle directement de la première. C'est en quelque sorte le suivi de l'affaire.

Je reconnais sur l'enveloppe, cachetée à la cire comme tous les ordres de mission, à côté du A comme Association, le sceau des Anormaux et celui des Vampires. Je n'en ai donc pas fini avec les buveurs de sang.

Je fronce les sourcils en rangeant l'enveloppe dans ma sacoche, entre mes fioles et mes cahiers de cours. Un stagiaire, deux jours de suite sur le terrain ? L'Association doit être vraiment débordée en ce moment. À moins qu'une épidémie de gastro se soit abattue sur les Agents titulaires !

Je jette un regard interrogateur à Walter mais le chef compulse déjà un autre dossier.

Je me racle la gorge.

– Tu es encore là ? Rentre chez toi, Jasper.

– J'aurais besoin d'un certain nombre d'ingrédients pour cette mission, je dis d'un ton presque suppliant. J'ai usé tout mon ail séché et il me manque deux trois poudres qui…

– Passe voir le Sphinx avant de partir, répond-il, agacé, sans lever le nez de ses papiers.

Je bondis sur mes pieds et quitte la pièce avant

qu'il ait le temps de revenir sur sa décision. Youpi ! Même glauque, même sentant le moisi et malgré l'excentricité du maître des lieux, l'armurerie est un de mes endroits préférés.

Je passe en un éclair devant le bureau de mademoiselle Rose, silencieux comme une ombre, utilisant toutes les ressources acquises en visionnant de nombreux films sur les ninjas.

– Ne traîne pas en bas, Jasper.

Je ne suis même pas sûr qu'elle se soit retournée. L'espace d'un instant, l'image de mademoiselle Rose tournant la tête sans cesser de pianoter sur son clavier, à la façon de la fille possédée de *L'Exorciste*, m'arrache un frisson.

– Je vais juste faire provision de quelques bricoles en prévision de ma nouvelle mission, je réponds en revenant sur mes pas (elle ne s'est pas retournée, mais heureusement sa tête non plus). Walter m'a félicité, vous savez ? Je crois qu'il attend beaucoup de moi. Je vais tâcher d'être à la hauteur. Vous êtes déjà partie en mission, Rose ?

– Tu m'ennuies, Jasper. File avant que je condamne l'ascenseur.

Je ne me le fais pas dire deux fois et me précipite au bout du second couloir.

J'ouvre un placard contenant un balai couvert de poussière et un seau métallique. Je tire sur l'anse jusqu'à entendre le clic déclenchant le mécanisme. Quelques minutes plus tard, accompagnée de moult grincements, une minuscule cabine d'ascenseur apparaît, poussant vers le haut le balai et le seau.

C'est génial, j'adore ! Là j'ai vraiment l'impression d'être dans un film d'espionnage ! Enfoncé James Bond, enfoncé Van Helsing !

Je prends place dans la cabine, conçue pour une seule personne, et j'appuie sur le bouton orné d'un – 2 conduisant à l'armurerie. Pour information, le niveau – 1 correspond aux archives, il n'y a pas de prisons spéciales dans l'immeuble. Si ? Aïe. Hé ! Pas de fantasmes inutiles. La réalité dépasse souvent l'affliction…

L'ascenseur gémit puis décide finalement de s'ébranler. Il se faufile jusqu'au sous-sol en se frayant un passage dans l'épaisseur du mur contigu à l'hôtel, à une profondeur que je ne me hasarderais pas à chiffrer.

La cabine stoppe sa course dans un gling-glang de tous les diables. Saleté de porte ! J'ai chaque fois du mal à l'ouvrir.

Lorsque j'y parviens, je me retrouve dans un des lieux les plus bizarres que je connaisse : l'armurerie de l'Association.

On n'attrape pas les mouches avec du vinaigre, a-t-on coutume de dire. J'ajoute qu'on ne s'attire pas le respect des vampires en les menaçant avec un pistolet ni celui des loups-garous en brandissant une matraque. Il faut de l'ingénieux, du spécifique. De quoi effrayer, neutraliser et parfois même tuer ce petit monde de l'Anormal. Pour cela, il y a l'armurerie et son armurier, sobrement surnommé le Sphinx.

Pourquoi ? Pas du tout parce qu'il pose des questions sans queue ni tête. Il est plutôt carrément taciturne. On a toujours l'impression de le déranger alors que zut, quand même, c'est son boulot de nous filer des armes !

Sa passion c'est les papillons, ceux qui vivent dans la pénombre, au premier rang desquels l'*Acherontia atropos*, le sphinx tête-de-mort.

D'où le surnom.

Je laisse mes yeux s'habituer à la faible lumière éclairant les caves voûtées, découvrant des étagères surchargées et des placards pleins à craquer le long d'allées biscornues. Depuis combien de temps s'entassent les grimoires, les potions, les ingrédients dégoûtants ? Je donnerais très cher pour avoir le droit d'y fouiner une journée entière !

Je repère l'armurier un peu plus loin, en train de donner des tomates en pâture à trois gigantesques papillons.

– C'est donc ici que le Sphinx se terre, je plaisante à mi-voix pour me donner du courage avant de m'avancer résolument vers lui.

La première fois qu'on le voit, ça fait un certain effet. Après aussi d'ailleurs, la surprise en moins. Le Sphinx (les Agents, stagiaires en tout cas, ne connaissent pas son vrai nom) doit avoir cinquante ans. Je n'ai jamais rencontré quelqu'un d'aussi costaud. Il est bâti comme un lutteur de foire ! Son visage est couturé de cicatrices. Il porte les cheveux ras, en brosse. Ses yeux, bleu pâle, ressortent étrangement à cause d'une totale absence de sourcils. Qu'est-ce qu'il a affronté pour ressembler à ça ? Un troll en rut, un dragon blessé ?

– Bonjour ! je lance avec un petit geste amical de la main.

– Salut.

C'est tout. Un bref regard et il retourne à ses papillons.

– Eh, géniale votre idée du bola avec des gousses d'ail ! je continue courageusement. Si vous avez d'autres trucs du même genre, je suis preneur.

Pas de réponse. Quand je disais qu'on a l'impression d'être de trop…

Ce n'est pas la première fois qu'il manifeste une parfaite indifférence à mon égard. C'est parce que je suis stagiaire ? Quelque part, je me surprends à l'espérer. Je n'aimerais pas que le Sphinx m'ait personnellement en grippe.

Je recommence à parler. Ça me détend et je ne vois pas quoi faire d'autre.

Le récit de mes exploits, pour briser la glace ? Prémices d'une estime entre deux guerriers ? Pourquoi pas ! Ça ne coûte rien d'essayer.

– Figurez-vous, Sphinx, que ma prochaine mission concerne encore les vampires. Est-ce qu'on vous a dit que j'avais brillamment réussi mon entrée dans le monde de l'action, hier soir ? Walter n'a pas tari d'éloges ! Je vais vous narrer dans le détail l'incroyable aventure. Tenez-vous bien ! Voilà, c'était la nuit. Une nuit sans doute plus froide que les autres. Un vent venu des tréfonds de l'enfer balayait la rue dans laquelle j'avançais, le regard tendu vers les ténèbres et…

– C'est bon, c'est bon, grogne le Sphinx en posant délicatement sur un rebord d'étagère le papillon perché sur sa grosse main.

Il se dirige d'une démarche de félin vers son bureau encombré de vieux papiers et d'alambics. Je lui emboîte le pas, ne sachant si je dois me réjouir ou m'attrister de sa réaction. Bah, il sera temps plus tard de lui raconter mon aventure avec Fabio. Surtout que ma nouvelle mission risque d'être l'occasion de nouveaux exploits !

Le Sphinx pose un pistolet sur le coin du bureau.

– Il tire des fléchettes en bois, dit-il laconiquement. Idéal pour survivre à un affrontement contre un groupe de vampires.

Ah bon ? Finalement, on peut menacer les vampires avec un pistolet.

– Un… affrontement ? je réponds.

L'effarement doit se lire sur mon visage parce que le Sphinx sourit. Oh, pas un sourire éclatant, mais ses lèvres frémissent.

Je déglutis à l'idée d'une bataille rangée.

– Disons que je tire assez mal. Vous n'auriez pas quelque chose de plus subtil ?

– Ou de moins subtil, corrige-t-il, moqueur, en

sortant d'un tiroir quelque chose ressemblant à une bombe lacrymogène.

– C'est quoi ?

– Bombe lacrymogène. Relevée au jus d'ail. Désolé, je n'ai pas encore réussi à mettre le soleil en flacon !

Le bois, l'ail et le soleil. Tout ce qui irrite les vampires ! Quand je pense que certains idiots espèrent s'en tirer en dégainant une croix en métal ou pire, en plastique... Les vampires étaient là avant l'invention du christianisme, pourquoi ils auraient peur d'un symbole religieux ? Évidemment, si la croix est en bois, pointue de préférence, c'est différent...

– Je prends ! je dis en m'emparant de l'aérosol et en le fourrant dans ma sacoche. Est-ce que je peux reconstituer ma réserve d'ail séché ? J'ai aussi besoin de chèvrefeuille et de laurier. Et puis de quelques métaux. Réduits en poudre, de préférence. J'ai le matériel chez moi mais c'est long et j'ai tendance à en mettre partout.

– Rien d'autre ?

– Ben non, je réponds sans relever l'ironie, il me reste suffisamment de pierres. Pour l'instant.

Pour me venger, j'insiste sur le « pour l'instant » comme la promesse (la menace ?) d'une visite prochaine.

Le Sphinx soupire.

– L'étagère au fond de l'allée B pour les plantes, celle au début de l'allée A pour les métaux. Prends ce dont tu as besoin, pas plus.

Puis il retourne à ses papillons.

Quel étrange personnage. De nombreuses rumeurs courent sur lui parmi les stagiaires, mais je me méfie des rumeurs. Celles qui me concernent prétendent que je suis obsédé par les filles, c'est dire !

J'attends que le Sphinx disparaisse de mon champ de vision puis je regarde ma sacoche avec inquiétude. Elle ne sera jamais assez grande pour tout ce que je compte emporter.

5

– Ohé, il y a quelqu'un ?

Je repousse derrière moi la porte de l'appartement. Ma question s'adresse à d'éventuels cambrioleurs. À part eux, je ne vois vraiment pas qui pourrait être là.

Mon père se trouve dans un avion quelque part, en route pour vendre et acheter des morceaux virtuels de sociétés parfois réelles, jonglant avec des millions d'euros et accessoirement avec le destin de gens qui travaillent pour de vrai.

Ma mère participe à un stage de poterie tibéto-alsacienne en Ardèche. Je reçois régulièrement des messages SMS enthousiastes. Signe infaillible que de nouvelles horreurs ne tarderont pas à tenir compagnie aux sculptures germano-sénégalaises et aux points de croix nippo-bretons de l'appartement.

Je n'ai pas de frère. Pas de sœur. Pas de chat ni de chien.

Juste la possibilité d'un cambrioleur.

L'appartement de mes parents a de la gueule. Je ne m'en rends plus compte, j'y ai toujours vécu. Mais les copains venus ici en sont tous restés bouche bée.

C'est un duplex lumineux qui occupe les deux derniers étages d'un imposant immeuble haussmannien, avenue Mauméjean.

En bas, il y a le salon, la salle à manger, la cuisine, la salle de réception, deux chambres (dont la mienne) et deux salles de bains.

En haut, une chambre avec salle d'eau, une piscine (de taille modeste, il ne faut pas exagérer), une grande terrasse, le bureau paternel et la salle d'art et de méditation de ma mère.

Je ne vais jamais en haut. C'est le domaine de mes parents.

Terre étrangère.

Et puis je n'aime pas nager.

C'est en bas que je me suis aménagé mon royaume.

Ma chambre est tout au fond, à gauche. Sur la porte j'ai accroché, avec un soupçon d'ironie, le panneau « Ne pas déranger ».

C'est le premier des deux endroits où Sabrina, la gouvernante, n'a pas le droit d'entrer.

Question d'intimité.

Comme un voleur déballant son larcin, je vide sur le bureau ma sacoche bourrée à craquer des produits pris dans l'armurerie, entre quelques affaires de cours et un ordinateur portable. Dernier cri. Mon père tient à ce que je ne manque de rien.

Je quitte ma veste, mon écharpe, et les jette sur le vieux fauteuil en cuir dans lequel j'aime bien lire le soir avant d'aller au lit.

Mon lit, un gigantesque matelas à même le sol.

J'ai viré le reste quand j'avais dix ans. Ça me semblait à l'époque le meilleur moyen pour empêcher les monstres de se cacher dessous.

Au-dessus du lit, il y a un grand poster du *Seigneur des Anneaux*, avec des runes qui courent partout.

Plus loin, sur des rayonnages en verre, des livres. Des incontournables comme *Oui-Oui contre les vampires* et *L'Ange agent secret*, *L'Île aux treize horreurs* et *Le Capitaine qui fracasse*, *Le Livre d'Ezétoal* et *L'Immonde Ewilan*. Et puis d'autres, plein d'autres.

« Une sorte de cartographie de l'imaginaire particulier de votre fils, les jalons d'un inquiétant voyage intérieur commencé bien trop jeune », avait dit le psy que mon professeur principal avait eu la mauvaise idée de convoquer en même temps que mes parents, à une époque où j'accumulais les mauvaises notes et les comportements limites en cours. « Ces lectures fantasmagoriques l'éloignent du réel, il faut réagir ! » Mon père (ce héros, une fois n'est pas coutume) avait donc réagi et invité d'un ton glacial le fouineur à se mêler de ses affaires avant de me prendre par le bras et de m'emmener loin du collège, sous les protestations de la gente professorale.

Ma mère n'arrêtait pas d'embrasser mon père. La soirée s'était poursuivie au restaurant, avant de s'achever sur les quais de Seine, à marcher en bavardant.

Le meilleur souvenir de ma vie familiale.

À côté du placard où j'entasse mes fringues, il y a l'agrandissement d'une photo d'*Alamanyar* prise lors de la dernière fête de la Musique, quelques minutes avant qu'on soit poliment (mais fermement) priés par la police de déguerpir. J'avais dit à Jean-Lu, pourtant, que se poser juste devant l'hôtel Matignon sous prétexte que la place était libre, ce n'était pas une bonne idée…

N'empêche qu'on a fière allure là-dessus, tout de noir vêtus, brandissant nos instruments dans la nuit glauque du monde, comme d'autres avant nous agitaient des épées !

Mon bureau est installé sous la fenêtre. La vue sur les toits n'est pas terrible mais est-ce que j'aurais pu travailler avec un paysage sublime sous les yeux ? Déjà que je n'en fiche pas lourd. Je ne suis pas fainéant, non. Seulement, le groupe de musique et l'Association me prennent beaucoup de temps.

Mon estomac émet un long gémissement, comme s'il compatissait avec mes états d'âme. Le boulanger était fermé en sortant de l'institut.

J'ai une dalle monstrueuse.

Heureusement, Sabrina a laissé dans le frigo de la cuisine de quoi nourrir un régiment. C'est une excellente cuisinière et elle aime me gâter.

Sabrina, c'est un peu la caution parentale. « On

ne rentrera que la semaine prochaine mais Sabrina sera là tous les jours », « Demande à Sabrina si tu as besoin de quelque chose ! ». Sabrina m'aime bien et moi aussi. Mais je fais partie de son travail, pas de sa vie. Elle a ses propres enfants, qui ne la ménagent pas. « Ces adolescents ! dit-elle tout le temps avec son accent sud-américain en levant les bras au ciel. Ils vont me rendre folle ! » Je sais qu'elle me trouve bien élevé et responsable.

Bien élevé, c'est subjectif. Il m'arrive de roter bruyamment quand je suis avec mes potes et je me colle rarement à la vaisselle. Mais je dis bonjour-merci-au revoir, je tiens la porte d'en bas à la voisine quand elle a les bras chargés de courses et je me lève dans le bus quand je vois une vieille debout. On peut héberger une tempête dans son cœur sans pour autant se comporter comme un gros porc, non ?

Je récupère le plat de lasagnes fumant dans le four (pas de micro-ondes, ça joue avec la structure des choses et c'est pas bon, parole d'alchimiste) et une cuillère dans le tiroir, je glisse une pomme dans ma poche et une bouteille d'eau fraîche sous mon bras, puis je fonce m'affaler dans le sofa du salon.

Le salon, c'est une autre province de mon royaume.

Celle-là, Sabrina a le droit d'y aller.

Question de salubrité…

Je mange dans le salon, je reçois mes potes dans le salon, je regarde des films dans le salon, sur un écran plat géant qui donne l'impression, lumières éteintes (raclements de gorge, conversations étouffées et bruits de mains fourrageant dans les cornets de pop-corn en moins), d'être au cinéma.

Je commence par engloutir deux grosses cuillères de lasagnes puis je brise le sceau et j'ouvre l'enveloppe que Walter m'a donnée tout à l'heure.

Mon cœur s'accélère tandis que je découvre les paramètres de la mission.

A *priori*, ça a l'air simple. Je dois rencontrer ce soir des humains et leur poser des questions (la liste qui les énumère est agrafée derrière). L'Association soupçonne ces individus de vendre de la drogue. Plutôt banal.

Sauf qu'ils ne la fourgueraient pas à n'importe qui ! Ils vendraient leur came aux vampires…

C'est pourquoi l'Association est sur le coup et pas la police.

Tout devient parfaitement clair : Fabio était bel et bien drogué hier soir.

Ce que je ne comprends pas, par contre, c'est pourquoi ces types prennent le risque de violer la règle de non-interférence entre Normaux et Anormaux. Parce que si cette information est confirmée, ils risquent gros. Très gros. L'Association compte parmi ses Agents des « nettoyeurs » spécialisés dans l'élimination de ceux qui ne respectent pas les Hautes Lois, les lois communes à nos deux mondes.

– L'argent, Jasper, encore l'argent, je dis à voix haute en soupirant. Voilà la motivation !

La plupart du temps, les vampires sont très riches. Ils ont des siècles pour faire fortune.

L'importance de ma mission me saute soudain aux yeux.

Je pose le plat de lasagnes sur la table basse.

Je n'ai plus faim.

Bon sang, un trafic de drogue impliquant des humains. Pourquoi est-ce que Walter m'a envoyé là-dedans ? Je ne suis que stagiaire !

Je relis les modalités de mon intervention : je dois poser les questions jointes et faire mon rapport. Rien de glorieux en perspective, mais de ce rapport dépendra le sort de ces humains.

Une sacrée responsabilité.

Je n'ai pas intérêt à me planter !

Je regarde ma montre. Je dispose d'une heure. Largement le temps de réaliser la petite expérience à laquelle je songe depuis que j'ai quitté l'antre du Sphinx.

Je regagne le fond de l'appartement, mais au lieu de prendre à gauche, où se trouve ma chambre, je tourne à droite. Je sors une clé de ma poche, déverrouille la porte et entre dans une pièce baignant dans la pénombre.

C'est le second endroit où Sabrina a l'interdiction absolue de mettre les pieds.

Question de sécurité.

C'était la chambre d'amis, je l'ai transformée en

laboratoire. Elle dispose d'un lavabo, ce qui est quand même bien pratique.

De toute façon, mes parents ne reçoivent jamais d'amis.

J'y fais des expériences et prépare mon arsenal personnel sur une table massive posée au centre, piquée dans la salle à manger. Je l'ai équipée de brûleurs, d'alambics et d'outils qu'on trouve plus fréquemment chez les tailleurs de pierres ou les forgerons.

Contre un mur, une bibliothèque regroupe tout ce que je peux glaner concernant les pratiques magiques et les Créatures hantant la part sombre de notre monde. Depuis les récits légendaires jusqu'aux *Livres des Ombres* trouvés (selon leur aspect) chez les bouquinistes ou les antiquaires, en passant par quelques romans et BD particulièrement inspirés. Certains auteurs sont des médiums qui s'ignorent, dit souvent ma mère qui, paradoxalement, a plutôt des goûts de chiotte en littérature (je ne cite pas ses écrivains préférés, je n'ai pas l'âme d'une balance).

D'autres étagères accueillent des bocaux pleins d'herbes, des flacons d'huiles et des bouteilles de potions, des sachets remplis de poudres. Dans une multitude de boîtes sont rangés des pierres et des bouts de métal, attendant d'être travaillés ou utilisés tels quels.

Je récupère ce dont j'ai besoin puis j'allume une grosse bougie posée sur un chandelier d'allure médiévale, placé à l'est.

C'est mon premier acte magique.

Tout rituel fait intervenir le feu sous ses deux formes : la flamme qui éclaire et le charbon qui chauffe. Mon deuxième acte est donc de ranimer le brasero en bout de table.

Je vérifie ensuite que le petit chaudron en bronze, placé sur un trépied au-dessus d'un bec benzène éteint, est rempli d'eau.

Beaucoup de sorciers préfèrent utiliser une belle coupe ouvragée pour accueillir cet élément. J'ai toujours pensé que, comme un bon artisan, un bon magicien devait s'intéresser davantage à l'objet qu'il travaille qu'à ses outils.

Je déplace mon chaudron pour qu'il soit positionné au sud.

Machinalement, je mets en marche un ventilateur de poche fixé sur l'étagère, au nord. Au début, j'utilisais un ventilateur plus puissant mais il faisait s'envoler les feuillets, dispersait la poudre et troublait les potions.

Là aussi je sais que de nombreux praticiens vont chercher dans la symbolique de l'air de multiples manières d'incarner l'élément. Après avoir beaucoup réfléchi, j'en suis arrivé à la conclusion que le meilleur moyen de représenter l'air, c'est l'air lui-même.

Enfin, je sors la pomme de ma poche et la tranche en deux dans le sens horizontal, de façon à obtenir deux pentagrammes parfaitement naturels que je pose dans une assiette en terre cuite, à l'ouest.

Les quatre éléments étant à présent réunis, les choses sérieuses peuvent commencer.

Au début de mon autoapprentissage (et à la suite d'une expérience ratée dont les murs, noircis par endroits, portent encore la marque), j'ai entrepris de graver sur le plancher un pentacle (une étoile à cinq branches prisonnière d'un cercle) suffisamment vaste pour englober la table. C'est d'abord pour ça que j'ai posé un verrou sur la porte. La tête de mes parents s'ils découvraient que j'ai esquinté les lattes de chêne avec un pyrograveur !

Mais je n'avais pas le choix. Le pentacle est au magicien ce que le filet est à l'acrobate et le bouclier au chevalier : à la façon d'un champ de force, isolant ce qui est à l'intérieur de ce qui est à l'extérieur (et inversement), il protège contre les éventuels retours de sort, les agressions et les énergies négatives.

Évidemment, mieux un pentacle est fait et plus il est efficace. J'ai donc pris mon temps, doublant les lignes du cercle et remplissant l'intervalle de caractères runiques.

Jusqu'à présent, je n'ai eu qu'à m'en féliciter.

J'active donc mon pentacle en puisant dans un bocal une poignée de gros sel gris que je répands sur les runes. En même temps, je prononce les mots qui vont bien :

—ᚱ ᚨᛁᛞᚺᚢ ᛏᚱᚨ ᛚᚨᚹ ᛟᛁ, ᚨᚹ ᛚᚨ ᛗᚨᛁᚾᛞ ᚾᚨᚢ ᛞᚺᛁᛉ, ᛈᛟᚢᚱ ᚲᚢ ᚠ ᚺᚢ ᛏᛁᛊᛊ ᚢ ᚾ ᛏᛟᛁᛚ ᚾᛟᚢᚱᚱᛁ ᛈᚨᚱ ᚢᚱᚢᛉ ᛒᚱᛟᚢᛏ ᚨᚾᛏ ᛚᚨ ᛏ ᚱᚱ, ᚱ ᚾᛞᚢ ᚷ ᚾ ᚱ ᚢᛊ ᛈᚨᚱ ᚹ ᚢ ᚾᛟ, ᛈᛁ ᛏᛁᚾ ᛈᚨᚱ ᛚᛊ ᚨᚹ ᚨᛚᛁ ᚱᛊᛞ ᛞᚨᚷᚨᛉ ᛏ ᛊᚢᚱᚹ ᛟᛚ ᛈᚨᚱ

ᛚ ᛇᚷᚾ ᛞ' ᛚᚺᚨᛉᛏ ᚨᚾᛞᛁᛊᚲᚢ'ᛟ ᛞᚨᛚᚨᛈᚱ ᛊᚱᚹ ᛚ'ᚺ ᚱᛁᛏ ᚨᚷ
ᛊᛟᚢᛊᛚ ᚱ ᚷᚨᚱ ᛞ ᛒᛁ ᚾᚹ ᛁᛚᛚᚨᚾᛏ ᛞ ᚺᚨᚷᚨᛚ, ᚾᛟᛏᚱ ᛗ ᚱ !

Ce qui donne quelque chose du genre : « Réveillez-vous, Raidhu, Naudhiz, Féhu, Uruz, Wunjo, Dagaz, Elhaz, Odala et Hagal ! Allez hop, au boulot ! »

Le haut-elfique est moins parlant, si j'ose dire, que le runique dès qu'il s'agit d'obtenir un résultat précis. L'elfique s'adresse directement aux choses et réclame leur collaboration, ce qui laisse une grande part à l'incertitude et ouvre d'une certaine manière la porte à l'inconnu. Le runique, lui, utilise des signes, un alphabet magique qui, à la façon des armes ou des outils, oblige la matière à obéir.

Puisqu'on en est aux explications, un mot sur le sel, pendant qu'il se dissout lentement sur les runes du pentacle, formant une pellicule brillante.

Le sel, c'est la matière première de la magie. On le met à toutes les sauces (façon de parler). Parce qu'il est aussi bien eau que feu, air ou terre, il entre dans la composition de beaucoup de sorts et joue le rôle de purificateur, de lien ou de dissolvant.

Voilà, voilà.

Ces indispensables formalités accomplies, je peux enfin me mettre au travail. En l'occurrence, répondre au défi involontaire lancé par le Sphinx tout à l'heure : mettre le soleil en flacon.

Une idée m'est venue sur le chemin du retour et je veux la tester.

Je commence par enlever le collier protecteur de

mon cou pour le poser sur un coin de la table, loin de mon champ d'expérience. Comme je l'ai déjà dit, l'imbrication de sorts est difficile à gérer. Or je vais manipuler des cristaux et je ne veux pas d'interférences.

Je prends ensuite un morceau d'aigue-marine. J'ai hésité mais je pense à présent que cette pierre fera l'affaire. Elle augmente les pouvoirs et stimule les énergies.

Je jette sur le brasero quelques feuilles d'aulne, qu'on utilise souvent pour obtenir l'appui des forces naturelles. Je passe plusieurs fois l'aigue-marine dans la fumée que les feuilles dégagent en brûlant, afin de charger la pierre d'une parcelle des qualités de la plante.

Bien sûr, je murmure en même temps la phrase indispensable :

– 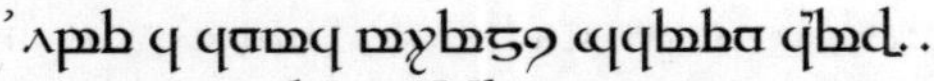

Autrement dit : « *Ulwe a anta turmi saren aëro…* Aulne donne tes pouvoirs à la pierre de mer… »

Je broie ensuite la pierre dans un mortier mécanique et verse la poussière obtenue dans une petite boîte en plomb.

Première étape.

Deuxième étape : je sors d'un coffret une bague en or pur déjà bien râpée. Empruntée il y a deux ans dans le coffret à bijoux de ma mère.

À l'aide d'une meuleuse manuelle, je prélève un peu de poudre du métal jaune, condensé alchimique lié à la lumière du jour, que j'ajoute dans le récipient en plomb.

Le plomb, seul matériau capable de contenir les rayonnements.

Tandis que je mélange la fleur d'or à la poussière d'aigue-marine avec un bâtonnet de houx (le bois de houx, petit rappel pour les mauvais élèves, renforce les rituels et prolonge leur durée…), je chantonne sur l'air de *Light My Fire* [1] :

– 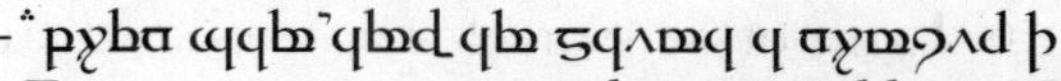

« *Equen sar ëaro ar malta a nutildë !* » C'est un mélange terriblement contre-nature dont je suis l'instigateur. « Je dis mélangez-vous, or et pierre de mer ! » À vrai dire, je compte un peu là-dessus.

Je ferme ensuite la boîte, la scelle avec un ruban de plomb autoadhésif.

Je consulte ma montre : pile dans les temps. Je brise la protection du pentacle en balayant du pied la croûte de sel et en prononçant les mots :

– ᛊᛟᛁᛊ ᛚ'ᛟᚢᚹ ᚱ ᚢᚱ, ᛁᚹ ᚨᛉ,ᛏ ᚨ ᚾᛞᛁᛊᚲᚢ ᚷ ᛒᚢ ᚨᛊᛊ ᚺ ᛚᛊ ᛞᛟᚢᚹ ᛊᛏ ᛊᛟᚹ ᛚᛟᚱᛚᚨᚾ ᛚᚨ ᚷᚱ ᚨᚾᛞ ᚱᛟᚢ !

« À votre tour, Eiwaz, Gebu et Sowelo : on remballe ! »

Je résume, bien sûr.

J'éteins ensuite le ventilateur et la bougie, je fourre la boîte dans ma poche et file récupérer la sacoche dans ma chambre.

Ce soir, j'ai une mission, monsieur Phelps. Et impossible ou pas, je n'ai pas droit à l'erreur.

1. Une autre chanson des Doors.

6

Allez Jasper, ne te dégonfle pas. Respire un bon coup et vas-y !

D'accord, l'ordre de mission mentionne deux personnes et ils sont cinq à battre l'asphalte pour se réchauffer les pieds. Mais tu es un représentant officiel de l'Association.

Ta carte te protège.

Sans compter les sorts multiples et extraordinaires que tu maîtrises parfaitement. Et que tu n'as pas le droit d'utiliser contre des humains… Oublie ça, tout va bien se passer, ils n'ont aucune raison de ne pas se montrer coopératifs.

Tu parles. J'ai beau essayer de me raisonner, je suis tout de même sur le point de rencontrer des dealers pour leur faire la morale. J'ai seize ans, ce sont des adultes et je n'ai même pas de flingue pour les obliger à m'écouter !

Seul point positif : je n'ai repéré aucun vampire dans les environs.

Rideau.

Mon cœur cogne les trois coups.

Je sors de l'ombre.

– Salut les gars, je lance en m'approchant des silhouettes rassemblées sur le trottoir.

La devanture fermée du magasin « Tout pour le bébé » clignote et m'adresse d'obscènes clins d'œil publicitaires, m'empêchant de voir où je mets les pieds.

Le temps de prendre conscience du ridicule d'un tel lieu de rendez-vous pour traiter une affaire de cette importance et je glisse sur une crotte de chien, manquant me casser la figure.

Un instant ébahis, les cinq hommes éclatent de rire.

Belle entrée, Jasper, bravo.

L'obscurité vient à mon secours et masque le rouge vif qui envahit mes joues.

Je sors alors ma carte et la fourre sous leur nez.

– Ça suffit, je dis. J'ai des questions à vous poser !

Je m'attendais à des mines patibulaires, des balafres, des imperméables et des costards. Des renflements sous les aisselles, à cause des armes dans les holsters.

Je tombe de haut.

Mes durs à cuire ont le visage poupon d'étudiants qui vivent encore chez leurs parents. Ils portent des jeans, des blousons de marque et la seule chose qu'ils dissimulent sous leurs vêtements, c'est un lecteur MP3.

Un seul individu détonne au milieu du groupe. Un

homme au visage anguleux et au regard de glace, plus âgé et mieux habillé que les autres.

Tout ce petit monde me toise d'un air goguenard.

– Refais voir ta carte, dit l'un d'eux alors que je m'apprête à la ranger. Elle est vraie ?

– À mon avis, il vient juste de l'acheter dans la boutique là derrière ! commente un autre, déclenchant une rafale de rires.

J'hésite entre me mettre franchement en colère et ignorer ces provocations à deux balles en arborant un air de profond mépris.

– Ça sent quoi ? demande le dealer en fronçant le nez. Y a comme une odeur de merde !

– Une odeur de couche pleine, ajoute un de ses potes en me faisant les gros yeux.

Nouveaux éclats de rire.

– J'ai marché dans une crotte de chien, je réponds en serrant les dents (qu'est-ce que j'aurais pu faire d'autre ? Rentrer dans le tas et me faire assommer ?). C'est bon comme ça, je crois, on peut passer à autre chose !

– Tout à fait d'accord, dit l'homme au regard de glace. Terminons-en avec cette mascarade. Que veut l'Association ?

– C'est vous, le patron du cirque ? je réponds avec tout l'aplomb dont je suis capable. Fallait pas venir avec vos clowns, le public est plutôt exigeant ce soir.

Le visage de l'homme se ferme carrément. Je comprends tout à coup qu'il est totalement hermétique à l'humour. Mademoiselle Rose aussi, c'est vrai. À première vue. Parce que je l'ai déjà entendue rire. Faut-il en déduire qu'elle n'est pas (je sais, ça paraît hallucinant) sensible à MON humour ?

– N'abuse pas de ma patience, morveux. Je te fais l'honneur de te prendre au sérieux. En temps normal, les petits cons de ton genre, je les défonce à coups de poing. Que tu bosses pour l'Association ne change rien à la donne !

Il a vraiment l'air sérieux.

Je déglutis et puis je calme le jeu.

– L'Association m'a simplement chargé de vous poser quelques questions.

– C'est quoi cette histoire d'Association, Vic ? demande l'un des dealers au chef de la bande.

Intéressant. On dirait que les comiques ne savent pas pourquoi je suis là, ni pour qui je travaille. C'est une faille à exploiter.

Le chef tourne vers son acolyte trop curieux un visage furibard.

– Je vous l'ai déjà expliqué en long et en large. Vous êtes bouchés, ma parole !

– Faut pas le prendre comme ça, grommelle le dealer. C'est juste qu'il y a des trucs que je pige pas.

– Cette Association, c'est une organisation concurrente de la nôtre, hein ? intervient un de ses copains.

– Pas du tout ! je m'insurge. Il s'agit de…

Le regard de Vic se pose sur moi, lourd de menaces.

– Toi, dit-il, pose tes questions et dégage vite fait.

– Pourquoi on répondrait aux questions de ce gamin ? s'étonne le dealer vexé. Si c'est un concurrent, on a qu'à le zigouiller.

Vic réfléchit. Il a menti à ses hommes et maintenant il cherche une issue. Je me permets un sourire triomphant.

Leçon numéro un, que je me prends en pleine figure : ne jamais sous-estimer son adversaire. Leçon numéro deux, qui renverse mes certitudes : le sens de l'humour n'est pas toujours indissociable de l'intelligence.

J'en ai ce soir une double preuve.

– Je ne veux pas d'ennuis avec ses parents, finit par dire Vic en se détendant. Alors on va l'aider à remplir son questionnaire pour qu'il ait une bonne note à l'école, d'accord ?

Il conclut sa tirade de faux-cul avec un clin d'œil qui soude à nouveau autour de lui les gros débiles lui servant de comparses.

– Charitable de ta part, Vic, mais ça risque d'être rasoir, dit l'un d'eux que je n'avais pas encore entendu.

– Aucune chance, répond le moins drôle de la troupe, hilare. Le rasage, il ne connaît pas encore !

Ils s'esclaffent. Vite, il faut en finir ! Avant que je devienne dingue.

Je fouille ma sacoche à la recherche de la liste de questions que Walter a pris soin d'attacher à l'ordre de mission.

Une sueur froide me dégouline dans le dos.

Catastrophe ! L'enveloppe est restée sur la table du salon.

– Alors, ça vient ?

Vite, quelque chose. N'importe quoi.

– Heu, est-ce que vous connaissez un dénommé Fabio ? j'improvise en tâchant d'affermir ma voix.

– Non. C'est qui ? Un de tes copains ?

– Tu joues avec lui au bac à sable ?

– Quelle horreur ! Les chiens font leurs saletés dedans !

Ils rient de nouveau.

C'est un cauchemar. Un cauchemar bien réel puisque la sonnerie de mon téléphone ne me réveille pas. Elle me fait seulement sursauter.

Je décroche machinalement.

– Allô ?

– *Jasp, c'est Jean-Lu. Tu devineras jamais...*

Évidemment. Si le diable existe, il s'appelle Murphy. C'est lui qui a énoncé la Loi de l'emmerdement maximum, celle qui s'applique à moi en ce moment, à cent pour cent, des pieds aux oreilles...

– Oui monsieur, ils sont là, je réponds d'une voix grave.

– *Jasp ? C'est toi ? À quoi tu joues ?*

– Pas très coopératifs, non. Les nettoyeurs ? C'est un peu tôt à mon avis. Laissez-moi encore essayer...

– *Les nettoyeurs ? Tu pètes un câble, vieux. Eh ! Le gars du* Ring *! Il nous prend ! On joue la semaine prochaine !*

– D'accord, très bien monsieur. Merci de votre confiance.

– Jasp ? Allô ? Al…

Je me tourne vers les cinq rigolos en raccrochant mon portable. Je vais galérer mais j'arriverai bien à inventer quelque chose pour Jean-Lu. En attendant, ma petite comédie a considérablement refroidi l'ambiance. J'en profite pour enfoncer le pieu… le clou.

– Pourquoi est-ce que vous vendez de la drogue aux vampires ?

Net. Sans bavure. La phrase qui claque. Du pur John Wayne. Un mélange de franchise désarmante et de virilité sauvage. Jasper un, dealers zéro. Renvoyés dans les cordes, les zozos. Si j'étais fumeur je sortirais une clope, là, à l'instant, et je l'allumerais en penchant légèrement la tête, avec l'assurance tranquille des redresseurs de torts.

Un éclat de rire balaie mon film soigneusement monté.

– Des vampires ? Faut te faire soigner !

– Tu regardes trop la télé.

– T'es premier en rédaction à l'école, je parie !

Mais le regard de Vic contraste désagréablement avec la réaction désinvolte du reste de la troupe. J'y lis de l'inquiétude. De la colère aussi. À cet instant précis, je sais qu'il a cessé de me prendre pour un crétin.

C'est bon et pas bon du tout.

Mon instinct me pousse à reculer, à me mettre hors

de portée. Je m'oblige à ne pas bouger, par un énorme effort de volonté.

Finalement et à mon lâche soulagement, Vic hausse les épaules.

– Marre d'entendre autant de conneries. On se casse, les gars.

Mélange de regards moqueurs et menaçants. La bande se dirige vers une voiture flambant neuve (bien qu'on ne soit ni en banlieue ni en période d'émeute) et grimpe à l'intérieur.

Bravo, Jasper. On peut dire que t'as assuré comme un dieu !

Quel fiasco, bon sang. Je crois que, de mémoire d'homme, personne n'a été aussi ridicule.

D'un point de vue professionnel, à part entrer en contact avec les dealers présumés, j'ai foiré de A (comme abruti) à Z (comme zozo).

Qu'est-ce que je vais mettre dans mon rapport ? Ils étaient cinq, quatre d'entre eux faisaient usage d'un humour carrément lourd, le cinquième avait l'air d'en savoir beaucoup et de manipuler les autres. Ah, j'oubliais : les comiques ont refusé de répondre à mes questions.

J'imagine déjà la tête de Rose.

Je préfère ne pas imaginer celle de Walter...

D'un point de vue personnel maintenant : je n'ai jamais été aussi humilié ! Sauf peut-être la fois où des petits farceurs, sous prétexte qu'ils étaient plus nombreux et plus costauds que moi, m'ont piqué mon maillot de bain dans la piscine municipale, m'obligeant à courir tout nu jusqu'aux vestiaires, poursuivi par les rires de mes camarades de CM2.

Que faire ? Rentrer chez moi la queue entre les jambes (c'est une image, rapport au chien) pour panser les blessures faites à mon amour-propre et rédiger un rapport bidon afin de sauver les meubles ?

Ou bien contrevenir à la règle sept (qui précise de façon limpide que l'Agent doit se conformer strictement à sa mission) et suivre les dealers tout en guettant furieusement l'occasion de me racheter ?

Vic, le chef du gang des joyeux turlurons, est assurément la clé du mystère sur lequel Walter m'a demandé de travailler. Je ne peux quand même pas le laisser partir sans rien faire !

Le bruit du moteur arrachant au trottoir la voiture des malfrats boutonneux m'oblige à prendre une décision. Il existe des sorts de filature mais je ne dispose pas du temps nécessaire pour les tisser. Je dois me la jouer, disons, plus classique.

Un bruit désagréable écorche mes oreilles sensibles de joueur de cornemuse.

Derrière moi, un garçon juché sur un scooter avec autant de panache qu'Henri IV sur son cheval blanc joue avec la poignée des gaz pour attirer l'attention d'une fille assise sur un muret.

Je commence par vérifier qu'il est moins costaud que moi puis je me précipite. Je brandis ma carte de l'Association et, de ma voix la plus impérieuse, lance un :

– Police ! Je réquisitionne votre véhicule !

Un coup d'épaule maladroit m'arrache une grimace mais parvient à éjecter le Roméo éberlué du deux-roues. Je bondis sur la selle. Dérapant du pneu arrière sur les gravillons, je me lance aussitôt à la poursuite de la voiture qui vient de tourner à l'angle de la rue.

Taïaut ! Taïaut !

C'est le cri du chasseur appelant ses chiens pour les lancer après la bête.

Sauf que je n'ai pas de chiens.

Juste un vague morceau, collé sous la semelle.

7

Heureusement pour moi, la voiture ne roule pas vite. De feu rouge en feu rouge, je parviens à maintenir la distance.

Je suis au taquet, pleins gaz. Je rentre la tête dans les épaules, pour éviter les regards désapprobateurs (je n'ai pas de casque) et offrir moins de prise au vent.

Si ma route croise celle d'un flic, je suis bon pour vingt points en moins sur le permis que j'aurai peut-être un jour. Sans compter l'immobilisation du véhicule qui n'est pas à moi. Je murmurerais bien une prière en fermant les yeux, mais ce type de comportement n'est pas très adapté à la conduite d'un deux-roues à la stabilité incertaine.

Rue d'Omale, avenue Genefort.

Les dealers prennent la direction de la banlieue. Je prie (en gardant les yeux ouverts, pas de panique) pour que le blaireau à qui j'ai cavalièrement emprunté le scooter n'ait pas été radin en passant à la pompe. Tomber en panne sèche n'arrangerait pas mes affaires (ni les siennes, d'ailleurs, s'il compte revoir un jour sa bête de course).

En même temps que je pilote le bolide avec la maestria d'un champion du Dakar, je ne peux m'empêcher de repenser à ma pitoyable prestation de tout à l'heure.

Si seulement on pouvait remonter le temps, anticiper les réactions, caser des répliques préparées à l'avance ! Mais faut pas rêver. On vit avec ce qu'on a dit et ce qu'on a fait, et tout l'inéluctable qui va avec.

« N'oublie pas de tourner sept fois ta langue dans ta bouche avant de parler », a dit un jour un philosophe chinois ou un dragueur impénitent, je ne sais plus. Exactement le contraire de ce que je fais en permanence…

Oublier la liste des questions, quand même. Quel naze.

La voiture, loin devant moi, ralentit et s'engage dans une allée bordée de bâtiments industriels. L'éclairage se fait plus rare, les trous dans le goudron plus nombreux. Je mets un coup d'arrêt à mes pensées en même temps qu'un coup de frein au scooter et j'éteins mes feux.

Les dealers pénètrent dans la cour d'une usine dont l'état défraîchi et les vitres aux carreaux brisés laissent imaginer un abandon qui ne date pas d'hier. Je coupe le contact, range mon fidèle coursier pile-poil le long du trottoir et tente une approche discrète.

Le moteur de la voiture s'est tu, il n'y a plus un bruit.

J'arrive au niveau de la cour pour voir la bande disparaître dans le bâtiment principal. J'attends quelques minutes, le cœur battant. Et maintenant ? Si foncer tête baissée peut tenir lieu de courage, alors je suis courageux.

J'avance donc, plié en deux, jusqu'à la voiture.

Un coup d'œil rapide à l'intérieur : vide. Je m'accroupis, le temps d'élaborer un plan. Pas question de rester là. Ils peuvent revenir à tout moment et je dois savoir ce qu'ils mijotent. Histoire de ne pas avoir fait tout ce chemin pour rien.

Reste à trouver un moyen d'entrer.

Mettant à profit mes innombrables heures d'expériences dans le domaine de l'action (passées devant des films, la précision est utile), je repère vite une porte arrachée, à moins de cinquante mètres.

Aidée par une providentielle carence en matière d'éclairage, je me glisse d'ombre en ombre jusqu'à l'issue, tel un ninja qui aurait juste oublié de ne pas être essoufflé.

Je vole une gorgée d'eau à ma bouteille.

Un regard à l'intérieur, dos collé au mur comme je l'ai si souvent vu faire par des acteurs déguisés en policiers, m'apprend ce que je voulais savoir : il ne fait pas plus clair dedans que dehors.

Et si c'était un piège ? S'ils m'avaient repéré depuis le départ et entraîné jusque-là pour me liquider à l'abri des regards ?

– Du calme, Jasper, du calme.

Tous les personnages de film se parlent à eux-mêmes dans les situations délicates. Ensuite, la réponse à une question cruciale leur parvient miraculeusement. D'accord, je n'ai pas posé de question. Mais je n'ai pas non plus de réponse.

J'y vais ? J'y vais pas ? Aucune pièce dans mes poches pour la jouer à pile ou face. Ridicule. Je sais que je vais entrer, de toute façon. J'essaie juste de gagner du temps avec le moi qui redoute tout ce qui est trop réel.

Allez, j'inspire, j'expire et je me faufile à l'intérieur.

Je commence par me cogner contre une palette qui traîne par terre. J'étouffe un cri et sautille sur place, tandis que mes mains enserrent ma pauvre cheville. C'est ce qu'on appelle une entrée en fanfare. Seul point positif : le temps que la douleur reflue, mes yeux s'habituent à la nouvelle pénombre.

Je pose le pied par terre, appuie dessus. Ça a l'air de tenir. Je me mets en route en boitillant.

Si l'usine se révèle effectivement abandonnée, elle n'en est pas vide pour autant. Subsistent de nombreuses traces d'une activité récente, chaînes de montage poussiéreuses, rails de plafond et palans rouillés, palettes (donc) répandues partout. Je serais incapable, par contre, de dire ce qu'on y fabriquait.

Je parcours le bâtiment d'un bout à l'autre sans trouver la moindre trace des dealers.

J'en arrive à la conclusion qu'ils sont sortis par-derrière lorsque la porte d'une pièce qui, en des temps meilleurs, servait apparemment de bureau, s'ouvre en libérant un halo de lumière feutrée.

J'ai juste le temps de me dissimuler dans un recoin.

– … dans trois jours, annonce Vic en sortant. La qualité sera cette fois irréprochable. Mes hommes ont mis les bouchées doubles.

Les hommes en question sortent à leur tour, collant leur chef comme de braves toutous. Ils n'ont pas l'air très à l'aise. On peut même dire qu'ils n'en mènent pas large. Ouais. Ils pètent carrément de trouille.

– Je l'espère pour vous. Sinon je trouverai d'autres fournisseurs.

Un long frisson s'empare de moi. La voix qui vient de résonner, puissante et tranquille, n'appartient pas à un humain.

Le mois dernier, un séminaire intitulé « Voix et cris d'ici et d'ailleurs » nous a appris à faire la différence entre les pleurs d'un bébé et ceux d'une goule, les hurlements d'un chanteur de la Star Académie et ceux d'un troll à qui on a écrasé le pied (là, on a presque tous été recalés), la voix sirupeuse d'un homme politique en campagne et celle d'un vampire en quête de victimes.

Aussi, quand une silhouette apparaît à contre-jour dans l'encadrement de la porte, je ne suis pas franchement surpris. Les dealers ne sont pas venus dans ce bout du monde urbain pour participer à un meeting politique mais pour rencontrer un vampire…

– Je vous mets au défi de trouver quelqu'un d'autre capable de fabriquer ce que vous réclamez, répond Vic avec un ricanement.

Au temps pour moi. Les clowns du cirque Vic & Cons ne vendent pas de drogue. Ils la fabriquent ! J'en prends bonne note pour mon rapport qui s'avère beaucoup plus intéressant qu'il y a une heure.

Le vampire fait un pas en direction de Vic.

C'est drôle comme ils se ressemblent tous. Grande taille, cheveux longs, bardés de cuir, bottes et manteaux, goût prononcé pour les poses théâtrales.

– Ne me tente pas, dit le vampire en esquissant un sourire.

Vic perd un peu de sa superbe. Il fait un geste agacé.

– Je te l'ai dit, Séverin, la came que tu auras jeudi va enthousiasmer les vampires les plus difficiles. Il nous a fallu du temps pour rendre l'héroïne assimilable par tes semblables.

– Un peu de magie, pas mal d'alchimie et encore plus de patience, ne peut s'empêcher d'intervenir un des hommes de Vic, plus pâle que le vampire lui-même.

Tiens, bizarre, pas de vannes pourries. Dégonflé, va ! En tout cas, voilà un mystère de résolu. Les quatre types à l'allure d'étudiants vaguement demeurés sont des sorciers. J'aurais dû m'en douter. Le milieu des sorciers est trop souvent infantile et immature…

Stop ! Moi c'est différent, je suis un garçon responsable. C'est même Sabrina qui le dit.

– D'accord, dit finalement Séverin. On en reparlera jeudi.

– Tu en auras pour ton argent, crois-moi, dit Vic avec un soulagement perceptible.

– Je suis en droit de l'exiger. Je vous paie assez cher.

Si je ne m'appliquais pas à rester parfaitement immobile dans mon coin, je me frotterais les mains de satisfaction. J'avais raison ! L'affaire est énorme. Un humain Normal qui utilise les talents d'humains Paranormaux pour produire de la drogue destinée à des Anormaux…

Ces types sont complètement fêlés. Ils violent bel et bien les Hautes Lois.

Quant au vampire, c'est pire, il contribue à l'avilissement de sa propre espèce. Pourquoi fait-il cela ? Quelles sont ses motivations ? Une juste haine remontant à l'enfance, visant ceux qui l'ont inconsidérément appelé Séverin ?

Bah, peu importe après tout parce que pour moi c'est le jackpot. Les félicitations de Walter, le sourire de Rose, le regard admiratif d'Ombe !

Je lis d'ici les gros titres des journaux : « Jasper, jeune et brillant stagiaire, démantèle un important réseau d'héroïne trafiquée », « Sensationnel : un jeune homme permet l'arrestation de trafiquants de drogue », « Époustouflant : il n'a même pas seize ans et s'attaque à une nouvelle forme du crime organisé ».

La classe.

Je lâche peut-être un soupir d'aise en trop, car Séverin se fige et tourne la tête dans ma direction.

Je me recroqueville dans mon coin, essaie de repousser le mur avec mes épaules, de me fondre dans le béton. J'arrête presque de respirer.

Finalement, le vampire se détend et détourne le regard.

« Affligeant : un vampire le regarde et il tremble comme une feuille. »

Quelle frousse, bon sang ! Je vérifie d'une main fébrile que ma sacoche est toujours là, contre moi.

– Une dernière chose, Vic, lance Séverin tandis que les trafiquants commencent à s'éloigner. Il m'en faudrait plus. Les quantités que vous me promettez sont insuffisantes. Je paie très cher les garous de la meute des entrepôts pour veiller sur le stock. Aussi, je veux qu'il y ait du stock.

Vic fronce les sourcils. Il se tourne vers l'un des sorciers, qui répond à sa place :

– Ce sera difficile. Comme on vous le disait, les substances alchimiques utilisées pour couper la drogue sont longues à obtenir et le rituel d'assemblage épuisant.

Il soutient un instant le regard fixe du vampire puis abandonne en secouant la tête.

– Mais on devrait pouvoir faire mieux.

– Parfait, le félicite Séverin en lui octroyant un large sourire qui dévoile une dentition puissante et des canines à peine plus grandes que la normale.

Là encore, il y a une différence entre la légende et la réalité. Les vampires se nourrissent de sang humain, d'accord, mais à petites doses, sans se faire remarquer. Pas besoin de crocs acérés pour ça. Ils se contentent de pratiquer une légère entaille dans le cou, le bras ou la cuisse de leur victime, le plus souvent avec leurs ongles, dont ils prennent grand soin. Leur salive possède la triple propriété d'être anesthésiante, cicatrisante et d'effacer la mémoire récente.

Bien. Il ne me reste plus qu'à attendre que tout ce petit monde s'en aille pour pouvoir rentrer chez moi et rédiger le rapport du siècle.

Hélas…

Mon grand-père disait toujours : « Les choses ont mauvais caractère. » Je ne l'ai pas beaucoup connu mais j'ai eu l'occasion, à de multiples reprises, de vérifier la réalité de ses assertions. Un exemple : à quelques dizaines de mètres d'un vampire et d'une bande de truands, alors que les circonstances réclament de ma part une discrétion absolue, mon téléphone se met à sonner.

Oh, deux fois seulement, juste le temps de l'atteindre et de l'éteindre sans même regarder qui cherche à me contacter. Mais ça suffit pour devenir l'objet d'une attention générale dont je me serais volontiers passé.

Ni une ni deux, je bondis de mon recoin et prends la fuite. En leur tournant le dos, bien sûr. Dans la direction de la porte arrachée et de la pénombre, qui ne me sera d'aucune utilité si le vampire me prend en chasse.

Je l'ai dit, déjà, que les vampires voient très bien la nuit ?

– C'est le gosse de tout à l'heure ! s'exclame un des sorciers.

– Il faut le rattraper, crie Vic sur un ton qui laisse présager le pire et qui m'incite à allonger la foulée.

Derrière moi, j'entends un hurlement. Un sorcier s'est mangé une palette. Bien fait. Mais dans mon application à éviter les obstacles, je rate l'issue par laquelle je me suis introduit dans le bâtiment.

Je ne tarde pas à toucher le fond.

Piégé ! Fait comme un rat.

J'entends mes poursuivants qui me cherchent. Ils sont entre la sortie et moi. De rage, je tape du poing contre le mur.

– Réfléchis, Jasper, réfléchis, je m'invective à voix basse.

Je dispose de quelques minutes, pas plus. Visiblement, le vampire ne s'est pas joint à la chasse, sinon il m'aurait déjà attrapé.

Bon. Puisque je ne peux pas partir et qu'il est hors de question que je tienne tête à cinq types animés d'intentions hostiles, je dois envisager une autre solution : me mettre à l'abri de toute violence. Et je ne peux même pas compter sur mon pendentif protecteur puisque je l'ai oublié dans le laboratoire !

Je m'efforce au calme. Je suis sorcier, non ? C'est dans ma spécialité que je trouverai mon salut.

Je sors de ma sacoche le bocal de gros sel. Pas de

pentacle gravé sur le béton. Je dois créer à partir de rien. Je répands le sel autour de moi, dans un mouvement répété des centaines de fois. Rien à dire, mon cercle est parfait. Je sais même, sans le vérifier, qu'il mesure neuf pieds de diamètre (deux mètres soixante-treize pour les accros au moderne). L'entraînement, il n'y a que ça de vrai.

J'étaie ensuite le cercle en traçant, toujours avec le sel gris, les contours d'un pentagramme. Il est approximatif mais il fera l'affaire. Les étais n'ont pas besoin d'être droits tant qu'ils soutiennent solidement la construction.

J'extirpe enfin d'un petit sac de toile un jeu de runes gravées par mes soins sur des écorces de bouleau. Je sélectionne Raidhu, Naudhiz, Féhu, Uruz, Wunjo, Dagaz, Elhaz, Odala et Hagal, que je dispose à différents endroits de mon pentacle.

Enfin, j'ouvre et étends les bras, en signe d'accueil destiné aux énergies. Je tisse le sort qui devrait me mettre à l'abri des malades qui me poursuivent :

–ᚱ ᚨᛁᛞᚺᚢ ᛏᚱ ᚨ ᛚ ᚨ ᚹ ᛟᛁ, ᚨ ᛚ ᚨ ᛗ ᚨᛁᚾ ᛞ ᚾ ᚨᚢ ᛞᚺᛁᛉ,
ᛈᛟᚢᚱ ᚲᚢ ᚠ ᚺᚢ ᛏᛁᛋᛋ ᚢ ᚾ ᛏᛟᛁᛚ ᚾᛟᚢᚱᚱᛁ ᛈᚨᚱ ᚢᚱᚢᛉ
ᛒᚱᛟᚢᛏᚨᚾᛏ ᛚᚨ ᛏ ᚱᚱ, ᚱ ᚾᛞᚢ ᚷ ᚾᚱᚢᛋᛈᚨᚱ ᚹ ᚢ ᚾᛃᛟ,
ᛈᛁᛏᛁ ᚾᛈ ᚨᚱ ᛚ ᛋ ᚨ ᚨᛚᛁ ᚱᛋᛞ ᛞᚨᚷᚨᛉᛏ ᛋᚢᚱᚹ ᛟ ᛁᛈ ᚨᚱ ᛚ ᛇᚷᚾ
ᛞ ᛚᚺᚨᛉᛏ ᚨ ᚾᛞᛁᛋᚲᚢ'ᛟ ᛞᚨᛚᚨᛈᚱᛋ ᚱᚹ ᛚ'ᚺ ᚱᛁᛏ ᚨᚷ ᛋᛟᚢᛋ
ᛚ ᚱ ᚷ ᚨᚱ ᛞ ᛒᛁ ᚾᚹ ᛁᛚᛚ ᚨ ᚾᛏ,ᛞ ᚺ ᚨ ᚷ ᚨ ᛚ, ᚾᛟ ᛏᚱ ᛗ ᚱ !

Je sais, il manque une bougie, de la terre, de l'eau et de l'air, mais quand on est pressé on fait ce qu'on peut avec ce qu'on a !

De toute façon, ma protection magique s'est activée dans un wraoup qui n'est pas sans rappeler le bruit d'un sas de vaisseau spatial.

J'espère simplement que les sorciers qui approchent sont aussi minables qu'ils en ont l'air, sinon je risque, malgré le pentacle, de passer un sale quart d'heure.

8

– Il est là, on le tient !

Un bruit de course, des pas qui résonnent dans le bâtiment désert. Puis un silence incrédule. Mes poursuivants se sont arrêtés à un mètre du pentacle.

Comment James Bond aurait-il réagi à ma place ? Il les aurait nargués avec classe, vannés en faisant mouche et se serait échappé à l'occasion d'une action spectaculaire.

Je peux toujours tenter ma chance avec un sourire forcé et quelques moqueries bien lourdes, mais il me manque l'échappatoire alors je renonce à faire mon intéressant.

Je me réfugie dans une attitude faussement nonchalante.

– Merde alors, lâche l'un d'eux. Le gamin a tracé un cercle.

– Qu'est-ce que ça signifie ? demande Vic.

Le chef de la bande tient un pistolet dans la main. Je ne peux m'empêcher de sursauter. Oh, j'ai eu droit à un cours sur les armes à feu et j'ai tiré un nombre incalculable de fois sur une cible (je l'ai même touchée à trois reprises, ce qui est pas mal et n'aurait pas dû me valoir, en tout cas, les sarcasmes d'Ombe). Mais aujourd'hui je suis la cible et c'est beaucoup moins drôle. En plus, je suis sûr que Vic tire mieux que moi.

– Ça veut dire que c'est un sorcier lui aussi, répond celui qui a décidé de parler pour les autres.

Il tend le bras et teste la solidité de la barrière invisible que j'ai érigée. Enfin, quand je dis invisible, ce n'est pas tout à fait exact. J'ai l'impression de me trouver au centre d'un cylindre d'air légèrement trouble, où les sons me parviennent étouffés.

Où les ondes sont brouillées, aussi.

Ce qui (avantage sans intérêt à présent) me met à l'abri d'un coup de téléphone indésirable et (désavantage par contre flagrant) m'empêche d'appeler la cavalerie de l'Association à la rescousse.

– Par la barbe du Nécromant ! lance le sorcier en retirant précipitamment sa main. Il connaît son affaire, le merdeux !

Le regard que me portent les quatre sbires de Vic change radicalement. J'y lis à présent de l'admiration. Mais curieusement, je ne parviens pas à me réjouir.

Vic soupire.

– Vous pouvez m'expliquer ?

– Tant qu'il reste dans ce pentacle, il est intouchable.

Vic lève son arme et me tire dessus. Trois coups. Sans ciller. Sans qu'une parcelle d'émotion anime son visage. Je me recroqueville, instinctivement, mais c'est inutile. Les balles rebondissent contre mes enchantements.

– Arrête ! beugle le sorcier en chef depuis le sol où il s'est aplati à la première détonation. Son enchantement le protège de tes balles !

– Vous pouvez briser le cercle ?

Le sorcier secoue la tête en s'époussetant.

– S'il était mal conçu, peut-être. Mais un pentacle érigé dans les règles de l'art… Même à nous quatre, ça serait très difficile.

– Qu'est-ce qu'on peut faire, alors ? demande Vic de plus en plus contrarié.

– Mettre le siège, comme autrefois devant les châteaux. Attendre qu'il ait faim et soif.

J'estime le moment bien choisi pour sortir de la sacoche ma bouteille d'eau et une pomme. Pour boire une gorgée et croquer un morceau.

Je dévisage mes assaillants avec un air goguenard. Chacun son tour !

– Installez-vous confortablement, je leur dis. Personnellement, c'est ce que je vais faire en attendant mes amis qui s'inquiéteront de ne pas me voir au rapport, demain matin…

Et paf ! Bond n'aurait pas trouvé mieux.

– Ce petit con se fout de nous, gronde Vic. Vous êtes des sorciers ! Il existe sûrement une solution pour s'en débarrasser. Définitivement.

Les quatre sorciers se regardent, hésitants.

– Il y aurait bien une possibilité, finit par dire leur porte-parole. Elle est risquée…

– Je m'en fous. Mais faites vite, qu'on puisse partir. On a du boulot.

– On manque de matériel, tente encore un des sorciers passés du côté obscur.

L'expression glaciale de Vic lui arrache un soupir. Je comprends qu'il va obéir.

Aïe !

Je surprends une lueur inquiète dans le regard de mes homologues. Qu'est-ce qu'ils préparent ? Déjà, quand un praticien des arts occultes (j'adore cette expression qui est à sorcier ce que technicien de surface est à balayeur) arbore une expression confiante, on peut s'attendre au pire. Alors quand il pète de trouille dès le départ, ce n'est pas franchement bon signe.

Les quatre sorciers s'éloignent. Je m'approche autant que possible de la barrière formée par mon pentacle pour mieux voir.

Qu'est-ce qu'ils fabriquent ? Ils tracent un cercle avec un bout de craie.

De la craie, même pas du charbon. Pourquoi pas un stylo à bille ? Cette impréparation est carrément flippante !

Ils continuent par un double pentacle. Quoi qu'ils comptent faire, ils ont décidé de mettre le paquet. L'un d'entre eux trace des signes sur le sol. Des runes, certainement. Enfin, ils ont l'air tellement mauvais que je n'ose plus avancer de pronostics.

Les autres bricolent une torche avec un bout de planche et un tee-shirt crasseux ramassé dans un coin.

Je n'aime pas ça, pas ça du tout. Ces gars sont de parfaits branquignols, effrayants d'amateurisme.

Et maintenant ? Ils s'installent devant le cercle, aux quatre points cardinaux.

Ils restent à l'extérieur du cercle !

Ça veut dire qu'ils vont essayer d'attirer quelqu'un – ou pire, quelque chose – à l'intérieur. Je réfléchis à toute vitesse. Quelles que soient leurs intentions, je dois les anticiper.

Fébrilement, je sélectionne parmi mes sachets d'herbes du houx, du sureau et du millepertuis. J'écrase les feuilles séchées, les mélange et les répands le long de ma barrière magique. En même temps, je murmure avec une conviction stimulée par mon appréhension grandissante les paroles appropriées :

– 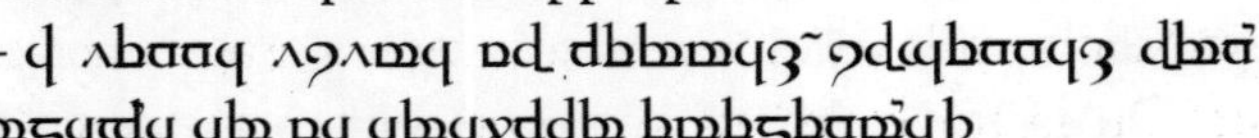

Autrement dit : « *A lenna lilta yo certa, piosenna, ornë turmavëa ar ya araucor etementëa !* Allez danser avec les runes, houx, arbuste bouclier et chasseur de démons ! »

Le houx pour renforcer le rituel, le sureau pour son rôle protecteur de bouclier et le millepertuis pour sa capacité à neutraliser les sortilèges néfastes.

Dans un bruissement, les feuilles malmenées s'agglutinent contre le sort de protection et s'y fondent tout doucement, colorant mes murailles d'un joli vert chlorophyllien.

Depuis hier, je suis passé directement et sans transition de la magie de laboratoire à la magie de terrain. Je découvre donc beaucoup de choses pour la première fois. Mon *Livre des Ombres* va doubler de volume quand j'aurai le temps de m'y consacrer !

Si j'en ai un jour l'occasion…

Je reporte mon attention sur le rituel des quatre rigolos qui n'ont franchement plus rien de drôle. Les quelques mots que j'intercepte confirment ce que je crains depuis le début : ils élaborent un sort d'appel.

Faire venir quelque chose ou quelqu'un relève pour moi de la magie ténébreuse. Pour autant, il n'existe pas de magie blanche ou de magie noire : la magie c'est la magie, tout comme la science c'est la science, un principe neutre dont on se sert pour le meilleur et pour le pire. Mais certains actes ne devraient jamais être accomplis (en science comme en magie, la curiosité ou la fuite en avant ne peuvent pas tout justifier).

C'est ce que je pense. À commencer par les sorts d'appel.

En d'autres circonstances, j'aurais été terriblement excité de découvrir ce qui va bientôt apparaître dans l'autre cercle. Mais là, non. Parce que cette chose, homme ou Créature, est invoquée pour me tuer.

Ma seule chance, c'est qu'ils soient trop nuls pour y arriver.

Malheureusement, une forme prend corps au centre du pentacle. Je fronce les sourcils.

Et le nez.

Car une insidieuse odeur de soufre se répand à travers l'usine.

– Non…, je murmure atterré.

Ces idiots n'ont quand même pas fait ça !

Je sens la peur, la vraie peur m'envahir.

S'ils ont entrouvert la barrière qui sépare notre dimension du monde démoniaque, s'ils ont invoqué un démon, l'Association les punira de mort sans hésiter. Sauf si le démon s'en charge avant. Parce que pour contrôler un être d'essence démoniaque, il faut être un sorcier sacrément puissant. Et d'après ce que j'ai pu voir, les quatre pauvres types qui psalmodient la formule du sort d'appel à quelques mètres de moi ne font absolument pas le poids.

À ce stade de démence, la seule vraie question qui vaille la peine d'être posée est la suivante : mes propres protections seront-elles suffisantes ?

Le bruit sinistre d'une étoffe qui se déchire marque la fin (et la réussite) du rituel. Une Créature démoniaque a bel et bien franchi la barrière dimensionnelle.

– Par le sort qui t'a appelé ici et qui te lie à nous, nous t'ordonnons de te soumettre à nos ordres et désirs !

Et voilà. Même pas de latin. Voire de gaélique. Ne parlons pas des runes ou de l'elfique… Qu'est-ce qu'ils croient, ces tocards ? Qu'on appelle un démon avec la langue de Rimbaud, une langue qui, aussi belle qu'elle soit, a seulement mille ans ? Celui qui a répondu à l'appel doit être d'une curiosité maladive ou particulièrement niais.

Le démon en question se déplie et se redresse.

À quoi ressemble un démon ? Jusqu'à présent, je n'en avais vu que dans les livres. En vrai, c'est beaucoup plus effrayant. Une forme vaguement humaine à la fois terriblement réelle et floue, recouverte d'une peau épaisse, de nuit et de flammes rouges. Des bras puissants. Un visage fendu par une large bouche. Des braises à la place des yeux. Et une paire de cornes de taureau. Je ne connais pas les mœurs des démones ; tout porte cependant à croire à un certain libertinage !

Je bouffonne mais c'est pour donner le change. En réalité, je n'en mène pas large. Pas large du tout.

Le démon éclate d'un rire tonitruant. Il faut imaginer quelque chose entre le feulement d'un tigre et le rugissement d'un lion.

Les sorciers tremblent comme des feuilles. Ils ont au moins le bon sens de comprendre que c'est foutu. Ils tombent à genoux et joignent leurs mains dans une attitude suppliante.

– Tsss tsss tsss, fait le démon en secouant la tête. Humains présomptueux…

Sa voix, feutrée et puissante, résonne sans effort dans l'usine. Je ne parviens pas à maîtriser le tremblement qui s'empare de moi.

La Créature de chair, d'ombre et de feu avance

d'un pas, ébranlant la dalle de béton. Une simple pression, avec la paume de la main, sur la barrière du pentacle qui le retient prisonnier provoque l'éclatement du sort.

Les sorciers cette fois se jettent à plat ventre.

– Pardonne-nous, redoutable démon, hoquette l'un d'eux.

Si j'avais encore le contrôle de mes cordes vocales, je ferais remarquer à ces dangereux débiles que ce coup-ci, c'est eux qui sont dans la merde. Mais pour l'instant je ne parviendrais qu'à émettre un pitoyable gémissement.

Le démon tend le bras et ramène le sorcier en pleurs à sa hauteur.

– Vous pardonner ? tonne encore la Créature. Évidemment ! Vous avez eu la gentillesse de m'appeler et ça faisait, hum, une éternité que je n'avais pas eu l'occasion de m'amuser dans votre monde !

Jusque-là, Vic était resté sous le choc de l'apparition démoniaque. Recouvrant ses esprits et luttant contre un légitime sentiment de terreur, il brandit son arme.

– Lâche cet homme, ordonne-t-il en visant le démon.

Je dois avouer que Vic m'épate. D'accord, il est pâle comme le mort qu'il ne va pas tarder à être, mais il a suffisamment de courage pour défier un démon.

Pour ça (et seulement pour ça), je lui tire mon chapeau et lui accorde mon respect.

La réaction du démon est conforme à mes attentes. Il brise machinalement le cou du sorcier, qu'il tient dans la main, et avance en direction de Vic. Qui décharge son arme sur lui. Sans aucun résultat, sinon provoquer un autre rire terrifiant.

– Ces humains ! Ils ne comprennent jamais rien !

J'ai à peine le temps de voir le démon fondre sur Vic.

Je le sais pour l'avoir lu, les démons qui accèdent à notre monde grâce aux invocations (ils ne peuvent franchir la barrière tout seuls) laissent derrière eux une grande partie de leurs pouvoirs. Plus le démon est puissant et plus il s'affaiblit en tentant le passage. Voir ce démon renverser un pentacle comme s'il s'agissait d'une clôture pour hamsters et broyer deux hommes d'une chiquenaude me donne un aperçu fulgurant et vertigineux de ce dont ils doivent être capables dans leur dimension…

Les trois sorciers survivants s'enfuient en hurlant.

Un bref (mais alors très bref) instant, j'ai le fol espoir que le démon se lance à leur poursuite. Mais non, il se tourne vers moi, les mains dégoulinant encore du sang de Vic et de l'invocateur, un rictus plein de promesses déformant son noir minois.

9

Aïe.

Ça craint.

Là, ça craint vraiment.

Je pousse un soupir (le dernier ?) en songeant que, pour une fois, j'aurais aimé suivre à la lettre et sans rechigner le sacro-saint règlement de l'Association.

Article neuf : l'odeur de soufre annule la mission…

10

– Tiens, tiens ! gronde le démon amusé (c'est du moins la façon dont j'interprète son petit sourire en coin). Un autre sorcier ! Tu n'as pas fui avec tes compagnons ? Alors c'est pour toi qu'ils m'ont appelé !

Si je n'étais pas déjà mort de trouille, le fait qu'il s'adresse directement à moi aurait achevé de me terroriser.

– On se connaît ? je lance d'une voix qui, étonnamment, parvient à ne pas basculer dans les aigus.

Le démon ne s'attendait apparemment pas à ce que je réponde. Il marque sa surprise.

– Je ne crois pas. Pourquoi ?

– Généralement, on tutoie les gens qu'on connaît, je continue bravement. Ou alors on est un garçon mal élevé.

Il éclate franchement de rire. Enfin, il réitère le truc de tout à l'heure, genre tigre qui aurait bouffé du lion.

– Vous ne doutez décidément de rien, vous les

humains ! Un qui me menace, un autre qui m'insulte. Vous n'avez donc pas peur de la mort ?

– Vous me vouvoyez, là, ou c'est un « vous » général ?

– Peu importe, insolent cloporte. En ce qui te concerne, « vous » rime avec « fou ».

Il ne sourit plus du tout.

Jasper, ton heure est venue et le moins qu'on puisse dire, c'est qu'elle n'a pas tardé.

Ce qui me désole le plus ? Arrêter ma carrière de joueur de cornemuse aux portes de la gloire (en l'occurrence, celles du *Ring*). Savoir que ma mère mettra mes cendres dans une affreuse urne tibéto-provençale. Enfin, ne pas avoir eu l'occasion de dire à Ombe que je la trouve canon…

J'hésite à me recroqueviller par terre. La mort est peut-être moins douloureuse quand on ferme les yeux. Mais finalement je décide de l'accueillir debout et en face. Je dois bien ça à Walter, le seul qui a vraiment cru en moi.

Même s'il a eu tort, comme les événements sont en train de le prouver.

Le démon s'approche de mon pentacle et tend dans ma direction ce qui ressemble à une main. Il se heurte à ma barrière runique.

Je me crispe dans l'attente de l'inévitable explosion qui, curieusement, ne se produit pas. Au contraire, la barrière résiste.

Le démon lâche un grognement étonné. Il pose sa main contre la paroi translucide et pousse plus fort. Rien. Il est sacrément surpris, je le vois bien !

– On dirait que tu es plus doué que tes petits camarades, reconnaît-il. Logique. Autrement, ils n'auraient pas eu la bonne idée de m'appeler à la rescousse !

Il prend son élan et se jette contre le pentacle. J'entends un grand baoum et je vois des flammes lécher la barrière.

Qui reste intacte.

– Pas mal, dit-il encore. Pas mal du tout. Tu as de la chance que je ne sois pas ici celui que je suis là-bas…

Il fait le tour du pentacle, sans doute à la recherche d'une faille. Je ne le quitte pas des yeux. Est-ce qu'il joue avec moi comme le chat avec une souris ? Je n'ose envisager l'autre hypothèse, pourtant de plus en plus probable : et si mes sortilèges fonctionnaient ?

Je tire de cet espoir la force de me redresser et de toiser mon adversaire.

– Quelles sont vos intentions, je dis poliment (inutile de l'énerver), puisque vous semblez dans l'incapacité de m'atteindre ?

– Je n'ai pas dit mon dernier mot, murmure le démon en posant sur moi ses yeux de braise.

– Vous pourriez laisser tomber et aller vous amuser ailleurs, je propose lâchement, en le regrettant aussitôt.

Nul doute qu'il trouverait en effet, dehors, une

foule de victimes impuissantes à tourmenter. L'idée fait aussitôt son chemin dans son esprit ténébreux.

– Pourquoi pas, après tout. Je perds mon temps ici avec toi alors qu'un troupeau entier de tes semblables m'attend dehors.

Et voilà, bravo Jasper. Tu es content de toi ? Sauver ta peau en sacrifiant celle des autres. Si Walter était là, il aurait une attaque. Quant à Ombe, je vois d'ici son air dégoûté. Il faut que je corrige le tir !

Je sors de ma poche ma carte d'Agent et je la brandis.

– Dès que tu auras le dos tourné, j'appellerai mes collègues de l'Association et ils te traqueront jusqu'à te renvoyer dans les enfers qui t'ont vu naître ! je clame avec une grandiloquence destinée à me rassurer autant qu'à ramener son attention vers moi.

J'y réussis au-delà de mes espérances.

Le démon se retourne d'un bloc et me fixe avec son regard brûlant.

– Tiens, tiens, siffle-t-il. L'Association. Tu as gagné, pauvre inconscient ! Je vais d'abord m'occuper de toi.

Pour faire bonne mesure, je soupire.

– Vous continuez à me tutoyer.

Il lance un coup de poing rageur contre mon pentacle.

– Tu entends ce que je dis ? Je vais te broyer, te déchiqueter, te réduire en bouillie, et toi tu t'inquiètes d'un « tu » !

– Du tout, je réponds du tac au tac. Mais je n'y peux rien, ce « tu » me tue.

– Tu as tort, tu sais, de me provoquer. Être tué n'est pas la pire façon de mourir. Je connais mille façons d'infliger la souffrance.

– Je vous crois sur parole. Dites, à propos de soufre et de rance, vous pourriez vous éloigner de la paroi, s'il vous plaît ? Elle ne protège pas des odeurs et la vôtre est carrément insoutenable.

Comme ça, avec un peu de chance, il me tuera d'un coup.

Les deux points rouges qui lui servent d'yeux rétrécissent encore. Avec mes jeux de mots pourris, je me suis encore attiré un ennemi. Mortel, celui-là.

Le démon recule de quelques pas. Je m'attends à ce qu'il essaie de fracasser le pentacle et je me contracte dans l'attente du choc. Mais non, il se contente de faire de grands gestes avec les bras et de psalmodier une incantation dans une langue que je ne parviens pas à identifier.

Incroyable : il prépare un sort ! C'est la première fois que j'assiste à un rituel de magie démoniaque et je ne peux m'empêcher, malgré les circonstances, d'être curieux. À mon avis, il n'y a pas beaucoup d'humains qui, comme moi, ont eu la chance de voir ça. Ou la malchance, ça dépend si on a une nature plutôt optimiste ou alors franchement pessimiste. C'est la fameuse histoire de la bouteille à moitié vide ou à moitié pleine.

À force d'incantations, le démon parvient à rassembler dans la paume de sa main un petit tas de magma rougeoyant qu'il jette dans ma direction. La substance en fusion s'écrase contre le pentacle et dégouline le long du champ de force.

Je suis peut-être en train de devenir fou mais il me semble entendre les runes se plaindre.

Une deuxième boule magmatique vient rejoindre la première. Mes barrières ondulent mais ne plient pas. Par les feux de l'enfer (et c'est le cas de le dire) ! Encore quelques projections du même genre et je pourrai dire adieu à mon pentacle.

J'essaie de vider mon esprit, d'oublier les projectiles venus d'une autre dimension qui attaquent insidieusement ma pauvre magie d'homme.

Je repasse dans ma tête les chapitres de mes quelques livres consacrés aux démons, à la recherche d'un élément qui pourrait m'aider.

Vite !

L'invocation d'un démon n'a rien à voir avec la soumission d'un troll. Tuer l'invocateur ne règle pas le problème. La preuve…

Par contre, un démon devient libre de ses actes quand il parvient à se libérer de celui qui l'a invoqué. C'est ce qui s'est passé.

Mais s'émanciper d'un sort d'appel ne veut pas forcément dire l'annuler. La plupart du temps, le sort lancé existe toujours. Il flotte quelque part, dans les limbes, il erre sans attache. Il me suffirait donc de reprendre le contrôle du sortilège désemparé pour terminer de lier le démon. Évident !

Tu parles, autant essayer de monter sur le dos d'un mustang shooté au maïs transgénique.

Une autre boule de magma ébranle la structure de mon pentacle. Les runes morflent un maximum. Sans le pouvoir apaisant et réconfortant des plantes, mes bouts d'écorce auraient déjà cramé.

Que faire ?

Dans l'éventualité saugrenue où je choisirais d'agir, il faudrait : un, que je sorte de mon pentacle ; deux, que j'atteigne le pentacle des apprentis sorciers ; trois, que je raccommode le sort brisé ; quatre, que je le lance sur le démon.

Tout ça en échappant aux boules de feu et aux mains de l'étrangleur surgi des enfers ! Autant mettre tous ses pions sur la case « chance insolente » d'une roulette russe en folie. Quelle idée délicieusement stupide !

Malheureusement, les circonstances risquent encore de décider pour moi. Mon pentacle ne résistera pas très longtemps aux assauts d'un démon de plus en plus furieux. Jasper, tu as déjà grappillé du sursis face à l'inéluctable. Tu aurais dû y passer depuis un bon quart d'heure. Après tout, ce n'est qu'un mauvais moment à passer !

Action.

– T'en as pas marre de jouer aux boules de neige ? je lance avec une effronterie qui n'a d'égale qu'une salutaire inconscience.

Le démon marque une pause dans ses tours de passe-passe.

– Tiens, tu me tutoies maintenant !

– Nos rapports ont changé, je dis. Tu n'as pas remarqué ? Ils sont devenus plus chaleureux !

– Très amusant, répond le démon en retrouvant le sourire. Tu me manqueras !

– Pas toi, je rétorque. Des cauchemars dans ton genre, j'en fais tous les soirs. Allez, Œil-de-braise, finissons-en ! Et rira bien qui rira le dernier !

Le démon retrouve son air bougon et son humeur taquine. Une boule épaisse et visqueuse fuse aussitôt dans ma direction.

Mais cette fois, à peine touche-t-elle la barrière runique que je plonge hors du pentacle et profite de l'écran de flammes pour me mettre à courir en direction des vestiges du rituel d'appel.

Derrière moi, dépourvues de raison d'être, les barrières runiques s'évanouissent en poussant un soupir de soulagement.

Je suis tout proche de l'autre pentacle quand le démon se précipite à mes trousses. Je ne peux m'empêcher de me retourner. Orphée s'est fait avoir de la même manière, lui aussi trop près des enfers. Fabio aussi, en sentant l'odeur des gousses d'ail ! Monumentale erreur…

Parce que du coup, je me prends les pieds dans le cadavre du sorcier et je m'étale douloureusement sur le sol poisseux de sang.

Pas le temps de me relever. Le démon est déjà là.

– C'était courageux mais voué à l'échec. Tu crois

que je t'aurais laissé le temps d'élaborer une autre protection ?

Il se tient debout au-dessus de moi, les mains sur les hanches, visiblement décidé à prendre son temps. Et là je me surprends moi-même.

J'aurais dû être paralysé par la peur, ou bien me mettre à plat ventre et le supplier d'épargner ma vie. Eh bien non. Je reste d'un calme à toute épreuve.

Pleinement concentré.

Les rouages de mon cerveau tournant à fond.

Comme si un démon n'était pas sur le point de me torturer abominablement.

Surgissant de ma mémoire comme un bouchon de liège hors de l'eau, un précepte, lu il y a longtemps dans le *Livre des Ombres* d'un sorcier dont je n'ai jamais su le nom, vient flotter à la surface de ma conscience : « La nécessité seule ne suffit pas à libérer un pouvoir ; indispensable se révèle le savoir. Mais parfois, la nécessité finit par faire surgir le savoir. »

Comme nécessité, on ne peut pas faire plus nécessaire qu'en ce moment ! Quant au savoir… je sais par quelle formule le sorcier dont le corps me sert de matelas comptait lier le démon. Et je sais aussi que ce qui a été brisé peut être raccommodé. Pour ça, je ne dispose hélas ni d'un pentacle ni du matériel ayant servi de près ou de loin au sortilège.

Par contre j'ai sous la main (on ne peut pas mieux dire) tout ce dont j'ai besoin.

– Ça finit donc comme ça ? se moque le démon. Tss tss, je suis déçu. Je m'attendais à une dernière boutade. Tant pis !

Il tend les bras vers moi.

Je me redresse brusquement et je fais quelque chose à laquelle il ne s'attendait absolument pas : je vais à sa rencontre et je lui saisis les poignets.

Avec mes mains pleines de sang.

Le sang de l'homme qu'il a lui-même assassiné tout à l'heure.

L'homme qui l'a personnellement attiré dans notre dimension.

En même temps que je m'efforce de ne pas frissonner au contact de la Créature démoniaque, je prononce une formule arrangée à ma sauce :

– 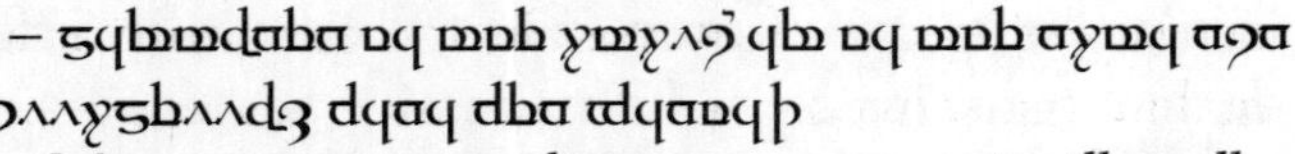

« *Martonen ya tye utulië ar ya tye nuta nin sillumello, cana cen vanya !* Par le sort qui t'a appelé et qui te lie désormais à moi, je t'ordonne de foutre le camp ! »

Je suis trop épuisé nerveusement pour m'amuser avec les « ordres et désirs » de l'autre illuminé (pour ce que ça lui a servi, d'ailleurs !).

Je vois la stupéfaction se dessiner sur le visage du démon.

Moi qui pensais jusque-là que l'elfique était une langue toute de beauté et de douceur, je suis obligé de réviser mon jugement. Parce que le démon auquel je m'accroche toujours (des cloques commencent d'ailleurs à faire leur apparition sur mes mains) semble en proie à la terreur.

À mon avis, ses semblables ont eu affaire aux Elfes dans les temps anciens et ils n'en ont pas gardé un bon souvenir.

Le démon me dévisage. Je lis dans l'éclat de ses prunelles un mélange de reproche et d'effroi. Puis il baisse la tête, gémit et commence à se dissoudre.

J'attends pour crier victoire qu'il perde encore un peu de substance.

– Victoire !

Ma voix rebondit faiblement contre les murs de l'usine.

Sans chercher à calmer les tremblements qui s'emparent de mes membres, je me laisse retomber en arrière, contre le corps du sorcier qui m'a, bien malgré lui, sauvé la vie.

Lorsque je relève la tête, il ne reste plus du démon qu'un peu de brume, trop sombre pour appartenir à l'obscurité, qui s'effiloche comme à regret jusqu'à disparaître totalement.

C'est alors que j'entends une voix derrière moi.

– Bravo ! Très impressionnant !

11

Je ne pige pas immédiatement qu'il s'agit d'une vraie voix. La fatigue, les émotions, tout ça. J'aurais aussi bien pu entendre : « Debout, Jasper, et va-t'en bouter les démons hors du royaume ! »

Ce n'est pas l'heure de bouter mais je me retourne quand même.

Éclairée par la faible lueur que continue de diffuser mon pentacle mourant, la silhouette de Séverin le vampire se dresse à quelques pas.

Il ne manquait plus que ça…

Je viens d'échapper à une bande de trafiquants de drogue qui voulait ma peau et j'ai renvoyé chez lui un démon qui rêvait de se faire les dents sur moi avant de semer la terreur en ville. J'estime avoir droit à une pause !

Eh bien non, il faut qu'un vampire se pointe et se foute de ma gueule.

– Tu es le premier homme de ma connaissance qui sort vivant d'une confrontation avec un démon, dit Séverin. Et je te garantis que je ne suis pas né de la dernière pluie.

L'admiration perce dans sa voix. Il a l'air sincère. Au temps pour moi.

– Vous voulez quelque chose ? je réponds en essayant péniblement de me relever.

– Oui.

Je m'attendais à un truc du genre : « Tes exploits m'ont assoiffé, sanguin chasseur de démon », ou bien : « Ton sang doit être exceptionnel, je boirais bien un cou ! ».

Aussi ce simple « oui » me surprend-il.

Je pose un regard curieux sur le vampire.

– Je veux que tu répares les dégâts que tu as commis, continue-t-il en réponse à mon interrogation silencieuse.

– Pardon ? je dis éberlué.

– Tu m'as mis dans l'embarras, annonce tranquillement Séverin en inspectant les ongles de sa main droite. Par ta faute, les gens qui travaillaient pour moi sont morts.

– Ouais, je lance crânement, et ils l'ont bien cherché !

– Tu vas les remplacer.

– Comptez là-dessus, je ricane, l'instant de surprise passé.

– Si tu refuses, tu passes du statut de collaborateur grassement rémunéré à celui de témoin embarrassant.

– Et ?

– Couic, répond seulement le vampire en faisant le geste de tordre le cou à un poulet.

Pas très original. Il aurait pu grogner « Arghh » en mordant le vide.

Jamais je ne me suis senti aussi fourbu, même la fois où, en quatrième, on s'est cachés pendant deux longues et interminables heures avec Romu dans un placard exigu du vestiaire des filles. Pourtant, c'est le moment ou jamais de rester lucide.

– Je peux réfléchir deux minutes avant de donner ma réponse ? je demande.

– Je t'en donne une. C'est largement suffisant pour faire le seul choix raisonnable. Et pas de bêtise : je t'ai à l'œil. Je sais ce dont tu es capable.

Génial.

Je résume la situation : je suis debout, flageolant sur mes jambes à cause de la fatigue et de la peur, devant un vampire en pleine forme qui veut faire de moi son homme de main. Pour ne rien arranger, je patauge dans le sang d'un homme zigouillé par un démon et j'entends d'horribles bruits de succion chaque fois que je bouge.

La nuit est bien avancée, l'obscurité gagne en épaisseur au fur et à mesure que s'éteignent, grésillant comme des ampoules en fin de vie, les écorces runiques martyrisées. Même si chacune de mes tentatives a lamentablement foiré, je ne vois pas d'autre moyen de m'en sortir que de m'abriter derrière mon statut d'Agent en mission et d'exhiber ma carte. D'accord, les sorciers m'ont ri au nez. Quant au démon, il est carrément devenu enragé quand je l'ai exhibée. Mais peut-être qu'un vampire, lui, sera impressionné.

– Alors ? lance Séverin.

– Avant de vous donner ma réponse, j'aimerais savoir pourquoi vous fournissez de la drogue à vos copains. J'ai vu hier soir un vampire shooté, c'est pas joli joli !

– Je répondrai à toutes tes questions quand tu auras répondu à la mienne, pas avant. À condition bien sûr, ajoute-t-il sardonique, qu'elle soit celle que j'attends.

Bon, raté. Il arrive souvent que le méchant, certain de sa victoire, se livre à des confidences dont le gentil se sert plus tard, après avoir survécu.

Pas grave, je vais déjà m'efforcer de survivre.

Ce qui n'est pas gagné, vu ce que je compte lui dire.

– J'ai deux mauvaises nouvelles, je lâche donc avec l'aplomb que confère souvent une extrême fatigue. Je commence par laquelle ?

– La mauvaise, dit Séverin d'un air mauvais.

– Je refuse votre proposition.

– Et la mauvaise ?

Qui a jamais prétendu qu'un vampire n'était pas capable d'humour ?

Je sors de ma poche, pour la troisième fois de la soirée, la carte de l'Association, qui clame aux yeux éblouis du monde que je suis un de ses Agents (stagiaires). Et toc !

Il tique, ce qui est plutôt normal pour un suceur de sang.

– Considérez-vous à présent en état d'arrestation, j'annonce au vampire qui, lui non plus, ne semble pas aussi ému qu'il aurait dû l'être.

Séverin éclate d'un rire tonitruant. Tant pis pour l'espoir. Décidément, je n'ai pas de chance. Ou alors un camarade facétieux a camouflé dans le rectangle de plastique un sort de franche rigolade qui pousse ceux qui le regardent à bien se marrer.

– En plus d'être doué, tu es drôle ! J'aurais vraiment adoré t'avoir à mon service.

Qu'est-ce qu'ils croient, ces affreux ? Que je suis un bouffon ?

– À vos sévices, vous voulez dire, je fais en reculant lentement.

Petite précision : tout en parlant, le vampire avance dans ma direction.

L'air semble se troubler. Séverin était à quelques mètres de moi il y a deux secondes à peine et maintenant il est là, juste devant. Je ne l'ai pas vu bouger. Autant dire que je ne vois pas davantage la baffe partir.

Je me retrouve par terre le temps de dire « Aïe ! ».

C'est très humiliant d'être giflé quand on est (presque) un homme. Encore plus quand on l'est par quelqu'un qui peut vous tuer avec cette même main (couic !).

Piqué au vif, je me remets sur mes jambes et adopte la position d'attaque préconisée lors du dernier stage de combat rapproché. Stage qui m'a permis, un, de découvrir que je suis une vraie bille dès qu'il s'agit d'aller au contact (« de l'enthousiasme mais une inefficacité proprement désarmante », a dit l'instructeur), deux, d'avoir la confirmation que je possède une nature peu charitable puisque j'ai ricané quand l'instructeur s'est fait démolir par Ombe.

– Yaaaaaah !

Ça c'est moi, enfin mon cri de guerre.

– Aaaaaah !

C'est encore moi.

Assis par terre, l'épaule déboîtée (enfin je crois, parce que ça fait un mal de chien).

– Ça ne serait pas prudent de te laisser tes armes, dit Séverin, qui a l'air de beaucoup s'amuser, brandissant la sacoche qu'il vient de m'arracher.

Mes armes. La magie. Je n'y avais même pas pensé. Je me sens brusquement nu sans ma besace et son poids rassurant.

Il a de la chance qu'Ombe ne soit pas là. Elle lui aurait mis la raclée de sa vie, tout vampire qu'il soit ! Penser à Ombe déclenche en moi une décharge d'adrénaline. Quand Séverin se penche pour me relever, une moue dégoûtée sur le visage, je pousse un cri de rage et me jette en avant. Je réussis à empoigner la sacoche.

Je pense que Séverin n'attendait pas cette réaction de ma part, c'est pour ça qu'il se laisse surprendre, comme le démon avant lui.

Nous luttons un court instant (très court, il est honnête de l'avouer). Puis il m'envoie voler à deux mètres. Comme je n'ai pas lâché mon attirail, celui-ci se répand sur le sol.

– Tu es courageux, dit le vampire. Peu efficace mais courageux. Quelle équipe nous aurions faite ensemble !

Pas efficace. Il va voir, le visage pâle, si je ne suis pas efficace !

Je roule sur le côté, étouffe un gémissement en écrasant mon épaule malmenée et me redresse en brandissant l'aérosol relevé au jus d'ail spécialement concocté par le Sphinx à l'usage des méchants vampires.

– Fini de rire, Séverin ! je lance en regrettant immédiatement de n'avoir pas dit quelque chose de plus à propos (il ne riait pas).

Son regard devient méfiant.

Je ne dois pas lui laisser le temps de comprendre. Je presse le bouton, libérant un nuage de gouttelettes sur la figure du vampire.

Pour faire bonne mesure, j'en rajoute une couche. Le retour du jet d'ail, en quelque sorte.

Séverin se tient le visage à deux mains et hurle. Je sais que ça ne le tuera pas mais je devrais quand même être tranquille un moment.

À le voir se tordre, la mixture a l'air particulièrement toxique.

Pourtant, ça ne sent pas beaucoup l'ail.

Pas du tout, même.

Étrange.

– Merde, ça brûle ce truc ! crie Séverin. Et ça pue !

Il s'essuie le visage avec un pan de chemise. Je renifle le flacon. Pas de trace d'ail. Il sent seulement le mauvais après-rasage. Celui dont le Sphinx use et abuse. Ah bravo…

– Une eau de toilette ? C'est tout ce que tu as trouvé ?

On dirait que le vampire est en colère. Je vais mourir à cause de la distraction d'un stupide armurier lépidoptérophile.

Un premier coup envoie valdinguer l'aérosol.

Un second m'envoie valdinguer moi. Je m'écrase sur le béton avec la grâce d'une marionnette atterrissant dans un coffre à jouets.

Je dois avoir tous les os brisés.

Incapable de me relever, je rampe, dans le fol espoir (encore lui) d'échapper à mon bourreau. Pathétique. Entre mes halètements et les frottements de ma veste sur le sol, je ressemble à… je ne sais pas quoi mais quelque chose d'assez pitoyable.

Est-ce que c'est à ce moment-là que le passé défile devant nos yeux ? Je me concentre mais non, rien. Trop tôt. Pas assez mort, pas assez de souffrance. C'est plutôt le temps des aveux, des confessions. Là, à l'instant, je n'en vois qu'une : on a fait sauter l'interro de maths pour rien avec Romu.

Parce que les filles ne sont jamais venues dans le vestiaire.

Plus loin, sur le lieu du carnage, au milieu de mes

artefacts dispersés, le vampire essaie de se débarrasser des fragrances d'une eau de toilette premier prix. Il ne s'inquiète même pas de moi. Dans l'ordre de ses priorités, je passe après une lotion parfumée.

On est vraiment peu de chose.

En plus, un truc dur contre ma cuisse me gène et ralentit ma honteuse reptation (dans ma poche, le truc, pas de mauvais esprit, ce n'est franchement pas le moment).

Je m'arrête pour fouiller ladite poche et mes doigts se referment sur une boîte.

Une boîte en plomb.

Mon cœur s'arrête quelques fractions de seconde avant de repartir en accéléré. Le soleil en coffret, le sort expérimental élaboré chez moi avant de partir ! Comment est-ce que j'ai pu l'oublier ? Il était là tout ce temps, à portée de main, à la même place qu'un revolver. Un revolver qu'un cow-boy, lui, aurait utilisé depuis longtemps...

Je sors fébrilement la petite boîte de ma poche. Je peine à décoller le ruban plombé, avec mes doigts encore poisseux du sang du sorcier mort. Je la tiens bien serrée dans la main tandis que, dans un ultime effort, je me remets droit.

– Laisse tomber, je crie à l'attention de Séverin, qui en est encore à s'essuyer le visage, tu auras un succès fou au prochain bal des vampires !

Bon, il me regarde. Et il secoue la tête. C'est la provocation de trop.

Le temps d'un clignement d'yeux il sera sur moi et je serai mort.

Très bien, qu'on en finisse. Là. Maintenant !

Je lance la boîte au-dessus de ma tête alors que l'air se trouble devant moi. En même temps, je hurle un seul mot :

–´ɋɂƅɂ̃þ

« *Fairië*, liberté ! » Il n'en faut pas davantage pour que les particules d'or, stimulées par une aigue-marine elle-même dopée aux effluves d'aulne, jaillissent violemment du petit cercueil qui les emprisonnait.

Pendant quelques secondes, l'énergie trop longtemps contenue se déverse dans l'usine, répandant la lumière d'un torride jour d'été. Je plisse les yeux et dois même m'abriter du rayonnement avec la main. J'y suis peut-être allé un peu fort.

Séverin pense sans doute la même chose en se tordant à mes pieds. La peau de ses mains et de son visage disparaît sous les cloques. Un gargouillis inaudible s'échappe de sa gorge. Je distingue des mots comme : « Mal », « Soleil », « Aaah ». Mais je ne reste pas assez longtemps pour tout déchiffrer.

Traînant lamentablement la jambe, je récupère mes affaires éparpillées sur le sol. Tandis que le vampire gît, inerte (je lui aurais bien laissé le flacon d'après-rasage, il paraît que ça apaise les sensations de brûlure ; mais j'en ai besoin comme pièce à conviction), je parviens à regagner la sortie.

L'air froid de la nuit picote mes joues comme une caresse bienfaisante. Je ferme les yeux et prends une grande respiration.

J'ai failli mourir trois fois cette nuit. Un bandit m'a tiré dessus, un démon m'a jeté des boules de feu et un vampire m'a confondu avec un sac de frappe. Jamais je n'ai senti avec autant de plaisir l'air entrer dans mes poumons.

La seconde chose que je fais, après cet instant d'égoïsme pur totalement revendiqué, c'est chercher mon téléphone portable dans mon barda pour laisser un message sur la boîte vocale d'urgence de l'Association. Quelqu'un doit venir s'occuper de Séverin.

Avec un gros pot de Biafine !

Je n'ai aucune idée de l'heure mais il doit déjà être tard.

Très tard.

J'envisage de foncer vers l'hôpital le plus proche, seulement les questions qu'on m'y poserait immanquablement m'en dissuadent aussitôt.

Non, je vais plutôt rentrer chez moi. Prendre une douche. Compter mes côtes cassées. Soigner tout ça avec des herbes et un coup de pouce des forces élémentaires, eh oui, mon cher Watson !

Demain, au petit jour, j'irai en personne rue du Horla rendre visite à un certain armurier…

12

J'étais persuadé qu'il faudrait au moins le Samu pour m'aider à sortir du lit.

À ma grande surprise, je n'ai découvert au réveil que quelques courbatures, des muscles endoloris et une gentille collection de méchants bleus.

Soit je dispose de facultés régénératrices stupéfiantes, soit ma pommade maison à la bruyère, camomille et sauge est particulièrement efficace (je m'en suis badigeonné de la tête aux pieds cette nuit après la douche).

Ou alors – hypothèse la moins séduisante – je suis une chochotte et j'ai exagéré mes tourments d'hier soir.

Pour mon confort psychologique, c'est l'explication de la pommade que j'ai choisie.

Je suis repassé tout à l'heure à l'endroit où j'ai emprunté le scooter du jeune coq. Je l'ai laissé sur le trottoir, devant le muret où se pâmait son admiratrice, avec un billet de dix euros coincé sous la selle. Pour l'essence.

Et puis j'ai pris le métro.

Ma sacoche, nettoyée et pleine à nouveau des mille choses utiles à un sorcier en proie à la malédiction de Murphy (un édit, je le rappelle, qui définit la Loi de l'emmerdement maximum), pend de façon rassurante sur ma hanche.

Les mains enfoncées dans les poches de ma veste noire qui exhibe des éraflures comme autant de blessures de guerre, j'avance, déterminé, une lueur impitoyable dans le regard.

Sept, neuf, onze. 13 rue du Horla. J'ouvre la porte de l'immeuble d'un coup de pied rageur.

– Vous êtes fou ? Vous m'avez presque fait tomber !

Je me précipite pour soutenir Mme Deglu.

– Je suis désolé, je ne vous avais pas vue.

Mme Deglu est la présidente de l'Amicale des joueuses de bingo. Une personnalité, à l'échelle du bâtiment en tout cas. Une vieille peau, aurait dit Jean-Lu. Un dragon, aurait ajouté Romu. Je crois que même Walter l'évite.

– C'est une tentative d'assassinat !

– Allons, madame Deglu, je dis en la conduisant dehors par le bras. Je vous le répète, c'est tout à fait accidentel.

– Accidentel ou pas, ce n'est pas une façon d'ouvrir les portes. Le directeur de votre centre de rééducation pour jeunes voyous va en entendre parler, croyez-moi !

– J'en suis sûr, madame Deglu, je soupire en l'abandonnant sur le trottoir.

Où j'en étais, déjà ? Ah oui : une lueur impitoyable dans le regard.

Devant la porte du local, je laisse tomber mes manières de cow-boy et je me contente de frapper poliment. Je ne sais pas comment les sorts puissants apposés sur le seuil auraient répondu à un coup de pied, même parfaitement légitime.

Clic. Je pousse la porte.

Premier obstacle : mademoiselle Rose. J'hésite à me mettre à quatre pattes pour passer discrètement devant son bureau. Mais en émettant l'hypothèse (probable) qu'elle m'entende malgré tout, elle me trouverait à genoux et ce serait embarrassant.

J'opte pour un passage rapide, une course en direction de l'ascenseur.

Deuxième obstacle : l'ascenseur lui-même. Par chance il est déjà à l'étage, sous le seau et le balai, au fond du placard. Je me rue à l'intérieur. Mademoiselle Rose, pour une raison ou une autre, n'a pas bloqué le mécanisme, ce qu'elle peut faire depuis son bureau. J'en profite et glisse entre les murs jusque dans les entrailles de l'immeuble.

Troisième obstacle : pas de troisième obstacle. Le Sphinx se trouve quelque part dans l'armurerie, prêt à subir les foudres de mon juste courroux.

Je parcours les travées et finis par dénicher l'armurier en train de (surprise) s'occuper d'un papillon de la taille d'une mouette (j'exagère mais je suis très remonté).

Il se retourne et me dévisage.

– Tiens ! Tu as survécu aux hordes de vampires, on dirait.

L'expression imperturbable de sa figure coutumée me refroidit quelque peu. Pas suffisamment pour m'empêcher de sortir la bombe lacrymogène de ma besace et la jeter à ses pieds.

– Ce n'est pas grâce à vous ! Il n'y avait pas d'ail, là-dedans, seulement de l'après-rasage. J'ai aspergé un vampire avec une simple lotion ! J'ai failli y passer… Par votre faute !

J'ai presque hurlé la dernière phrase.

Il plonge son regard dans le mien. Je me raidis. Mais au lieu de la lueur glacée ou, au contraire, incendiaire à laquelle je m'attendais, j'y découvre une certaine bonhomie.

Plus effrayant encore : comme une once d'intérêt.

– Bah, je me suis peut-être trompé en remplissant le réservoir. Tu n'as pas vérifié ton arsenal avant de partir en mission ?

Comment retourner une situation en une seule phrase…

– Non, je suis bien obligé de répondre.

– C'est une erreur que tu ne commettras plus, j'en suis sûr. Tu voulais autre chose ?

Le tout dit avec une douceur confinant à la gentillesse. Je me sens totalement désarmé. C'est malin !

Ma colère s'évanouit.

– Rien d'autre, je dis, penaud. Euh, je suis désolé. Je me suis emporté contre vous, alors que c'est moi qui suis en tort.

– Aucune importance, répond-il en s'intéressant de nouveau à son gigantesque papillon. Le principal, c'est que tu t'en sois sorti.

Je ne sais plus quoi faire. Je me dandine d'un pied sur l'autre.

– C'est gentil.

– Bah, quand on vient de se faire salement engueuler comme toi, on a droit à un peu de réconfort.

Là, ça fait tilt.

Je me dis tout à coup que j'ai raté un truc. Un truc important.

– Engueulé ?

Le Sphinx me dévisage.

– Tu n'es pas encore passé voir Walter ? À ta place, ajoute-t-il en secouant la tête et en levant les yeux au plafond, je ne le ferais pas attendre trop longtemps.

La douche froide. Avant d'être armurier, le Sphinx a sûrement été responsable d'une cellule de dégrisement.

Je tourne les talons, la tête basse.

– N'oublie pas de ramasser la bombe. Il y a une poubelle à côté de l'ascenseur.

Je m'exécute docilement.

– Ah, dit-il pour terminer, la prochaine fois que tu te sers dans le magasin, je veux une liste détaillée de tout ce que tu emportes.

C'est Waterloo. La défaite totale. Le bison coléreux transformé en zombie recalé.

Je traîne les pieds jusqu'à l'ascenseur.

Mademoiselle Rose m'accueille dans son bureau avec un regard plein de reproches.

– Il y a des toilettes au bout du couloir principal, pas la peine de descendre à l'armurerie. J'imagine que c'est pour ça que tu étais si pressé et que tu es passé devant moi sans me dire bonjour.

– Bonjour Rose, je soupire. Non, ce n'était pas pour… Aucune importance. Il paraît que Walter veut me voir ?

Elle hoche la tête, se lève et me fait signe de la suivre.

– Entrez ! hurle Walter en réponse à ses toc-toc sur la porte.

– Jasper est arrivé, dit-elle en s'effaçant pour me laisser passer.

– JASPER ! DIEUX DU CIEL ! SOMBRE IDIOT !

J'hésite à avancer davantage. Le niveau de décibels me paraît déjà insupportable où je me trouve. Heureusement, Walter prend le temps de respirer et passe d'un rouge violacé à un rouge cramoisi.

– Assois-toi.

J'obtempère aussitôt.

– Quand je pense qu'hier matin je ne tarissais pas d'éloges sur toi ! Sur ta discrétion ! Ton sens de la retenue ! Ta capacité à gérer les situations dans le strict respect du règlement !

– Monsieur, c'est ce que j'ai essayé…

– Silence ! rugit-il en s'épongeant le front.

Je remarque alors seulement sa cravate moutarde tranchant sur une chemise bleu néon tachée de sueur.

– L'article neuf, Jasper ! Tu crois qu'il s'adresse aux gamins qui jouent avec des allumettes ? Bon sang, c'est clair pourtant : « L'odeur de soufre annule la mission » ! Répète après moi : « L'odeur de soufre annule la mission » !

Je répète après lui.

– Alors pourquoi, Jasper, pourquoi ? gémit-il comme si je venais de le blesser personnellement.

– Ben disons que quand j'ai senti l'odeur du soufre, il était trop tard. J'étais à l'intérieur d'un cercle pentaclite et…

– Je ne veux pas entendre tes excuses ! Le règlement, c'est le règlement !

– J'ai quand même mis en fuite un démon, terrassé un vampire et résolu le mystère que vous m'aviez confié ! je réponds en haussant le ton, indigné par tant d'ingratitude.

– Un démon !

Il souffle comme s'il allait succomber à une attaque.

– Un démon, continue-t-il, un démon !

Il soupire.

– Qu'est-ce que je vais bien pouvoir dire au Bureau, moi ? Que j'envoie des stagiaires irresponsables combattre des démons ?

Il me fixe comme s'il venait de découvrir ma présence dans son bureau.

– Tu es encore là ? Tu devrais être chez Rose, en train de lui dicter ton rapport !

Je m'empresse de lui obéir. Pas assez vite, hélas.

– J'oubliais, ajoute encore Walter : pas de nouvelle mission pendant deux semaines. Tu as besoin de te reposer et de te remettre les idées en place.

– Deux semaines ? je hoquette, complètement pris par surprise. Mais qu'est-ce que je vais faire pendant…

– Des étoiles en pâte à sel et des boules en papier mâché pour décorer ton sapin de Noël, répond Walter agacé sans relever la tête. Qu'est-ce que j'en sais, moi ? Ce n'est pas mon problème.

Je reste interloqué.

Quand je me ressaisis suffisamment pour me révolter, il est trop tard.

La porte s'est refermée.

Je pénètre dans l'antre de mademoiselle Rose avec une tête décomposée, puisqu'elle commence par me consoler. À sa manière.

– Voyons Jasper, ce n'est pas la fin du monde.

– Mais deux semaines, Rose, deux semaines !

– Tu en profiteras pour te concentrer sur le lycée. Le premier trimestre s'achève, tes notes ne sont pas très bonnes. C'est l'occasion de prendre de l'avance pour janvier.

Je m'effondre sur la chaise des visiteurs.

– Le lycée, les notes… Quelle importance ? J'ai déçu Walter, j'ai tout foiré.

Heureusement pour mon amour-propre, un détail me revient soudain et chasse l'envie de sangloter bêtement.

– Je pense à quelque chose. Comment est-ce que vous avez su, pour le soufre ? Dans mon message, je n'ai parlé que du vampire !

– Un Agent en patrouille dans le secteur t'a vu entrer dans l'usine. Il a hésité un moment puis il s'est dit que tu avais besoin d'aide et il a abandonné sa mission. Qui était importante.

– L'article huit, je marmonne : « L'aide à un Agent en danger prime sur la mission. » Mais comment ça se fait qu'il ne soit pas intervenu quand j'étais vraiment en danger ?

– L'article neuf, Jasper, rappelle mademoiselle Rose. À peine entré dans le bâtiment, il a senti l'odeur de soufre.

– Et il a annulé le sauvetage, après avoir renoncé à sa propre tâche. Quel gâchis !

– L'Agent a signalé l'incident, mais il ne s'est pas inquiété pour toi. Il a pensé qu'en vertu de l'article neuf…

– … j'avais moi aussi vidé les lieux, je termine à sa place.

– Bien. Et si on reprenait tout depuis le début ? propose-t-elle en sortant un appareil enregistreur d'un tiroir.

– Vous n'écrivez plus ?

– Avec les autres oui, mais pas avec toi. Tu es trop… prolixe.

Ça ne me vexe pas. Dans prolixe, il y a pro. On ne donne jamais assez de détails. Sauf qu'aujourd'hui je ne suis pas d'humeur.

– Ils étaient cinq au rendez-vous. Quatre sorciers et un malfrat. Ils n'ont pas voulu répondre à mes questions et sont partis en voiture. Je les ai filés en réquisitionnant un scooter, que j'ai depuis rendu à son propriétaire (précision que les gros yeux de mademoiselle Rose m'incitent à apporter sans plus attendre). Ils ont rejoint un vampire du nom de Séverin dans l'usine où je les ai suivis. C'est lui que vous avez retrouvé sur place, légèrement cramé.

– L'équipe envoyée sur place n'a pas vu de corps, précise Rose. Juste des traces de lutte.

– Ah, je réponds, déçu. Tant pis. C'est pour ce Séverin que les autres fabriquaient de la drogue, cette même drogue qui a poussé Fabio à péter les plombs. Ils m'ont repéré et ont voulu me tuer. Je me suis réfugié dans un pentacle. Les sorciers ont alors invoqué un démon qui leur a échappé. Il a liquidé le malfrat et le chef des sorciers. Des minables, entre nous ! Le démon a ensuite essayé de briser ma protection. Menaces, boules de feu, j'en passe. J'ai finalement réussi à le révoquer. Ensuite, Séverin m'est tombé dessus. Le vampire voulait que je remplace les sorciers disparus et que j'élabore sa drogue spéciale. Je m'en suis sorti avec un sortilège maison. Après, j'ai fait mon premier rapport au répondeur d'urgence et je suis rentré chez moi.

Mademoiselle Rose me regarde, le menton dans les mains, une expression indéchiffrable sur le visage.

Je commence à me sentir mal à l'aise.

Elle esquisse un sourire.

– C'est tout, Jasper ? Pas de lion, pas de nuit ténébreuse ni de regard aiguisé ?

Est-ce qu'elle se moque de moi ? Difficile à déterminer. Mais l'enregistreur numérique tourne toujours. Trop tentant.

Je finis par craquer.

– Vous auriez vu ce démon, Rose ! Ses yeux brillaient comme des volcans au cœur d'une nuit d'encre. Et sa voix ! Imaginez un tigre qui parviendrait à parler ! Mais je ne me suis pas laissé démonter. D'un calme qui en aurait remontré à la moins agitée des statues, j'ai tissé un puissant sortilège qui…

Lorsque je quitte le bureau de Rose au bout de trois quarts d'heure, je me sens rasséréné. Par gentillesse ou parce qu'elle n'avait rien d'autre à faire, Rose m'a écouté patiemment. Pour un peu, je l'aurais embrassée ! Pour un peu.

– Ah, j'ajoute en claquant des doigts comme pour retenir le détail qui a failli m'échapper, j'ai oublié de préciser que Séverin, le vampire, a dit quelque chose au sujet des loups-garous. De la meute des entrepôts. Je ne sais pas si…

– Deux semaines, Jasper, me rappelle mademoiselle Rose. On mettra quelqu'un sur le coup à ta place. Pense à tes devoirs.

Quand je songe qu'un instant, un tout petit instant, j'ai eu envie de l'embrasser.

13

Tout à mes sombres pensées, je ne me rappelle pas avoir quitté le local de l'Association ni même descendu l'escalier.

Je reste un long moment sur le trottoir, devant l'immeuble, complètement perdu.

J'hésite entre me mettre en colère ou éclater en sanglots.

Est-ce que je viens vraiment de me faire suspendre pendant deux semaines pour avoir survécu à l'attaque d'un démon et résolu un début d'enquête ? Le tout avec force gros yeux et moult engueulades ? Même la gentillesse (inhabituelle) de mademoiselle Rose et du Sphinx avait des accents de pitié…

Être un minable ou ne pas être un minable, voilà la question.

Mes pas me traînent jusqu'au fameux café où j'ai trouvé refuge, hier, pour concocter mon sort anti-filature. J'ai besoin d'un remontant.

Je pousse la porte, m'installe dans la salle presque vide en choisissant une place dos au mur et loin du miroir, qui fait de moi une cible de choix (un magicien mort il y a longtemps et dont je possède le *Livre des Ombres* a réussi un jour à éliminer un rival en le faisant étrangler par son propre reflet). Je suis accablé mais pas désespéré au point d'oublier que trois sorciers qui ne me portent pas spécialement dans leur cœur ont quitté l'usine sains et saufs cette nuit.

Mon café arrive. Le verre d'eau aussi. Je bois une gorgée de l'un et de l'autre. Bien. Maintenant, je vais remonter à la surface selon une méthode très jaspérienne que je pratique depuis une quinzaine d'années : l'autocongratulation.

N'ai-je pas survécu à l'attaque d'un démon ?

Et de un ! Jasper, t'es un champion !

N'ai-je pas échappé à quatre sorciers et à un malfaiteur ?

Et de deux ! Jasper, t'es le meilleur !

N'ai-je pas réduit un vampire à l'état de fruit trop mûr ?

Et de trois ! Jasper, tu assures !

Oui, je sais, ça a l'air idiot. Mais si on m'encourageait aussi souvent qu'on m'engueule, je n'aurais pas besoin de ces séances d'autothérapie.

Parce que ça ne vaut pas des félicitations, tout ça ? Je n'ai perdu ni mon sang-froid ni mon sang tout court dans la bataille. J'ai su réagir quand il le fallait. Le cercle de protection, bâti dans l'urgence, a résisté au-delà de tout espoir. La révocation du démon est passée comme une lettre à la poste. Quant à mon sort de soleil-en-boîte, je vais le faire breveter et le Sphinx me suppliera pour le compter dans son arsenal ! Ça lui apprendra à jouer avec la vie des agents stagiaires sous prétexte de leur donner une leçon.

Remonté, j'échafaude déjà le plan de ces deux semaines : mes journées avec Jean-Lu et Romu, mes nuits dans mon labo. Ou l'inverse. Les vacances sont si proches que le bruit de leurs pas couvre depuis plusieurs jours la voix des profs les plus respectés.

Je me sens beaucoup mieux. Je sais que, dans quelques heures, j'arriverai à faire la part des choses. J'essaierai alors de comprendre la réaction de Walter.

Peut-être.

Je paie et je sors. J'ai besoin de marcher dans le froid.

Je porte autour du cou un collier spécial (je l'ai récupéré ce matin avant de sortir sur la table du laboratoire). Je l'ai déjà mentionné, je crois, mais sans vraiment insister. C'est le moment ou jamais d'en parler !

Je l'ai fabriqué moi-même, en pillant le coffre à bijoux maternel. Mon père achète régulièrement des joyaux hors de prix, oubliant que ma mère leur préfère des ornements plus simples, en bois ou en métal basique. Cela fait parfaitement mon affaire parce que l'or et l'argent entrent dans la composition de nombreux sortilèges et que les pierres précieuses, riches en énergies, possèdent des pouvoirs très particuliers.

Les rubis, par exemple, vibrent au contact des mauvaises intentions.

Les diamants affaiblissent les énergies agressives.

Le jade aide son porteur à récupérer rapidement d'une fatigue soudaine.

Bien sûr, il faut activer les pierres par un sort préalable, sinon elles n'existent qu'en termes de potentiel. Elles restent au simple niveau du symbole, celui dont s'accommodent les gens.

Moi je réactive le rubis, le diamant et le jade de mon collier régulièrement. C'est même la première chose que je fais, d'habitude, en me réveillant. Une sorte de rituel personnel. Comme ça, je commence la journée avec un peu de mon père et un peu de ma mère (je lui ai piqué le cordon de cuir sur lequel sont enfilées les pierres). Je me sens protégé. « Ne sors jamais sans », dit la pub. Tout à fait d'accord. Des rapports protégés, c'est important.

Parfois, j'enlève mon collier, comme hier, et j'oublie de le remettre. Parce que je suis nerveux ou que je pense à autre chose.

Est-ce qu'il aurait pu m'aider, dans l'usine, contre le démon ? J'en doute. Mais je ne le saurai jamais. Le passé, c'est le passé. Et je m'en suis sorti sans collier !

Le plus important, c'est qu'il soit là en ce moment, autour de mon cou.

Parce qu'à l'instant précis où je passe devant une ruelle obscure, le rubis se met à vibrer plus fort qu'un téléphone portable en mode silencieux.

Ce qui me donne le temps de faire face à un homme surgissant de l'ombre et d'éviter je ne sais comment d'être assommé par la matraque qu'il brandit.

Au cours de ce fameux stage consacré aux techniques de défense, l'instructeur a lourdement insisté sur l'ordre des priorités : d'abord contrôler l'arme de l'agresseur, ensuite le mettre hors de combat. J'opte pour une tactique beaucoup plus personnelle, éprouvée déjà deux fois en moins de vingt-quatre heures : je me jette sur lui et je l'empoigne à la façon d'un lutteur.

Je sens sous ses vêtements des muscles puissants. Il se débarrasse d'ailleurs de moi avec une facilité déconcertante. Retenir quelques clés, me rappeler un truc ou deux de ce fichu stage m'aurait bien aidé, je l'avoue.

Haletant, je reconnais mon agresseur. C'est l'inconnu qui me suivait hier ! Ni grand ni petit, des habits passe-partout, gris, même sa tête est d'une banalité affligeante. Dans mes efforts pour rester collé à lui, j'ai aperçu au niveau de la nuque un élément de tatouage. Mais rien d'identifiable.

Je cherche désespérément des yeux du secours.

La rue derrière moi est déserte. Quant à mon acte de folle bravoure, il m'a conduit dans la ruelle, plus vide encore.

Je suis cuit.

Je vais être tué là, bêtement, par un homme dont

j'ignore tout. Tué ou enlevé, c'est la seule alternative. Ça sera la surprise.

Curieusement, je le sens qui hésite. Je ne l'ai quand même pas impressionné ! Au lieu de me réduire en miettes dans un corps à corps éperdu, comme l'aurait voulu le code de l'honneur, le voilà qui sort de sa poche une sorte de Taser qu'il pointe sur moi. Ce sera l'enlèvement, alors. À moins que l'arme soit réglée pour me griller.

Lorsqu'il appuie sur la gâchette, je ferme les yeux.

Aucun dard, aucun fil, aucune décharge électrique ne me touchent.

C'est pire que ça.

Un flux d'énergie qu'il faut bien, en l'état actuel des connaissances, qualifier de mystique, vient frapper ma poitrine.

La douleur est intense, elle irradie dans mon corps tout entier.

J'ai l'impression d'être dévoré de l'intérieur, consumé par un feu de flammes froides.

Je tombe à genoux.

Mon tortionnaire s'approche et pose son arme contre ma tempe. Finalement non, ce ne sera pas l'enlèvement.

Je devrais être presque mort, à la merci de la seconde et ultime décharge. Mais l'exécuteur a oublié de prendre en compte deux éléments : le diamant autour de mon cou, qui étincelle après avoir bu une partie de l'énergie meurtrière. Et son copain de jade qui pulse comme un malade pour me redonner des forces.

Aussi, quand je me décide enfin à suivre les conseils de l'instructeur (en l'occurrence lancer brutalement la tête en avant pour échapper à la menace de l'arme et cogner du front son entrejambe pour le mettre hors de combat), je bénéficie d'un effet de surprise décisif.

L'inconnu lâche son Taser et tombe par terre en grognant.

Je n'attends pas qu'il se relève. Titubant sur mes jambes, je quitte la ruelle et me précipite (façon de parler, encore une fois) en direction de la boutique la plus proche, dans laquelle je m'engouffre avec soulagement.

Je l'ai échappé belle !

Mais c'est qui, ce malade ? Ni un Anormal ni un Paranormal, je l'aurais senti.

Il en avait après moi hier et je lui ai échappé. Il a failli prendre sa revanche aujourd'hui.

Curieusement, alors que je devrais gémir d'effroi, mon moral remonte de façon spectaculaire. Pour moi ça ne fait aucun doute : je dérange en haut lieu ! Ce qui prouve de façon définitive la valeur de mes exploits de ces derniers jours.

Je reprends mon souffle, accroupi, guettant par la porte vitrée les signes d'une poursuite éventuelle.

– Tu croyais pouvoir me gruger aussi facilement ?

La voix menaçante qui résonne dans mon dos me

fait l'effet d'une douche froide. Bon sang, ils étaient plusieurs et je me suis jeté dans la gueule du loup !

Je me retourne et me redresse en prenant l'air le plus menaçant possible. Je découvre alors un petit homme entre deux âges, presque chauve, avec des grosses lunettes. Ma mimique ne l'impressionne pas, ou bien il est vraiment très myope. Tout en secouant la tête, il tapote une pancarte qui spécifie : « Vente interdite aux mineurs ». Je prends alors conscience de ce qui m'entoure et je deviens rouge comme une pivoine.

Je bégaie quelques mots d'excuse avant de sortir du magasin à reculons.

Je me suis réfugié dans un sex-shop.

À nouveau dans la rue, je marche vers le métro et sa foule rassurante, en jetant de fréquents regards derrière moi. Je ne crois pas être suivi mais je ne tiens pas à recommencer l'expérience du pistolet à énergie.

Qu'est-ce que c'était ? Avec quoi est-ce qu'il m'a assaisonné, l'autre obsédé de la matraque ? Je ne savais même pas qu'un truc pareil pouvait exister. En tout cas, le Sphinx ne me l'a jamais proposé. Sans mon collier, j'y passais.

Je frissonne longuement en me rappelant cette impression horrible de brûler de l'intérieur, sans pouvoir rien faire. Si la décharge avait duré plus longtemps ou avait été plus puissante… Brrr.

J'ai envie d'appeler mademoiselle Rose pour lui

raconter mon agression. Mais je ne sais pas pourquoi, j'ai l'impression que ça leur fournirait, dans les bureaux, un nouveau prétexte pour m'engueuler. Et pour allonger la durée de ma peine.

Je vais attendre un peu avant d'en parler. Oui, sage décision.

Combien de temps ? Je ne sais pas, moi. Deux semaines ?

Épilogue

Je parviens je ne sais comment jusqu'au quai du métro.

Je m'assois sur un siège en plastique pas trop sale, à distance raisonnable d'une bande de racailles excitées et bruyantes. Puis je me mets à trembler de façon incontrôlable, mon cœur cognant dans ma poitrine comme un oiseau dans une volière.

Le contrecoup de mes dernières aventures. Enfin, j'imagine.

L'esprit ferme mais le corps en vrille. Comment est-ce que les médecins appellent ça, déjà ? Ah oui : je somatise. C'est tout le stress que mon cerveau a refusé d'assumer. Il s'est répandu en moi peu à peu. Jusqu'à cette crise.

Je laisse filer cinq rames avant d'être capable de grimper dans l'une d'elles.

De descendre à quelques rues de chez moi.

De me traîner jusqu'à mon immeuble.

Jusqu'à la cage d'escalier.

Plus que quelques marches et je vais enfin pouvoir m'effondrer sur mon lit. Dormir jusqu'à la semaine prochaine. Au moins !

Je sors les clés de ma poche, les introduis dans la serrure… et me rends compte que quelqu'un est entré dans l'appartement.

Quelqu'un qui n'est pas Sabrina puisque ce n'est pas l'heure à laquelle elle vient d'habitude.

Quelqu'un qui n'a pas déclenché les sorts de protection que j'ai tissés sur la porte (modestement, rien à voir avec ceux qui défendent les locaux de la rue du Horla), juste après avoir appris par Walter que l'Association était venue fouiner ici avant mon embauche.

Dans l'état où je suis, n'importe quel magicien me mangerait tout cru. Même les minables de l'usine. Mais l'idée que mon sanctuaire puisse être à nouveau fouillé, souillé par un inconnu, m'est intolérable.

Fouetté par l'adrénaline, je sors de ma sacoche de quoi affronter le profanateur et je me glisse dans l'appartement, vif comme un serpent qui aurait avalé un chat.

– Jasper ? C'est toi mon chéri ?

De saisissement, je laisse tomber mes ustensiles sur le parquet.

– Maman ? je m'exclame. Mais qu'est-ce que tu fais là ?

Les sorts sur la porte sont réglés pour laisser entrer toute la famille, Sabrina comprise.

Ma mère fait son apparition au bout du couloir.

De son pas énergique elle vole jusqu'à moi, me prend dans les bras et rit.

– Surprise ! Je sais, je devais rentrer la semaine prochaine, mais la neige s'est mise à tomber si fort que le stage a été abrégé pour que l'on ne reste pas coincés ! J'ai essayé de te prévenir hier soir mais tu m'as raccroché au nez. Alors, tu es content de me voir ?

– Très, je bégaie, bien sûr. C'est juste que… je ne m'y attendais pas.

Elle a déjà ramassé mes objets et les a posés sur une commode. Je suis sûr qu'elle a fait le tour de la maison et rangé tout ce qui avait pu échapper à la gouvernante.

Ma mère, c'est une caricature du mouvement perpétuel.

– J'ai préparé du thé, viens mon grand, me dit-elle en m'entraînant dans la cuisine.

Je récupère au passage mes artefacts, m'échappe pour jeter mes affaires devant la porte de ma chambre et la rejoins sans attendre.

– Tu as une mine horrible ! commence-t-elle en secouant la tête et en remplissant une tasse en forme de cigogne qui se serait payé un mur en volant dans le brouillard. Tu aimes ? continue-t-elle en souriant tandis que je contemple l'objet d'un air horrifié. Je l'ai fait pour toi ! C'était génial, ce stage, je…

Je la regarde parler, me raconter les péripéties de ses journées à la campagne. Elle s'anime, elle rit, elle se met en colère toute seule, elle imite des gens et parvient même, de temps en temps, à boire une gorgée de thé. Je la regarde sans l'écouter. Je la trouve belle.

Ma mère n'est pas très grande mais on ne s'en rend pas compte tellement elle est montée sur ressorts. Elle a des cheveux blonds qui lui descendent dans la nuque, des yeux bleus qui brillent, une peau très blanche. C'est la seule chose qu'elle m'a laissée.

Ça me remue de la voir s'agiter en face de moi. J'aimerais qu'elle me reprenne dans ses bras, comme tout à l'heure. Je n'en ai pas profité, j'étais trop surpris. Je voudrais me laisser aller contre elle, enfouir ma tête dans son cou, respirer son odeur. Ne plus penser à rien. Simplement être bien. En sécurité. Mais j'ai laissé passer ma chance. Ma mère est adorable mais avare de gestes tendres.

– Je parle, je parle, mais toi mon chéri ? finit-elle par dire en m'arrachant à mes pensées. Tu as l'air fatigué, c'est atroce ! Tu travailles trop. Le bac, ce n'est quand même pas le mois prochain ! Lève le pied, Jasper. Tu creuses ta tombe avec tous ces devoirs, toutes ces révisions !

Son visage s'illumine.

– J'ai une idée ! Une séance de magie régénératrice ! On monte, on s'installe confortablement dans le pentacle et on en appelle aux énergies bénéfiques. Ça nous fera du bien à tous les deux ! Qu'est-ce que tu en dis ?

Impossible de le cacher plus longtemps : ma mère est une sorcière.

Mais pas du genre des affreux qui fabriquaient de la drogue alchimique et qui ont appelé un démon pour me faire la peau ! Non, ma mère est une « wicce ». Comme les trois sœurs de la série télé *Charmed*. Comme la Willow de la saga *Buffy*. Elle fait partie de la wicca, une communauté internationale de gens pacifiques se réclamant de l'Ancienne Religion, celle qui voue un culte à la seule nature. C'est autant une philosophie qu'un art de vivre, un respect des forces élémentaires, auxquels s'ajoutent des pratiques et des rites consacrés aux énergies, ainsi que des célébrations en lien avec les cycles naturels. Beaucoup de wiccans, j'en mettrais ma main au feu, ne parviendraient pas à distinguer un chêne rouvre d'un chêne sessile ! Mais comment ne pas éprouver de sympathie pour ces sorciers (dans l'ensemble bien incapables de pratiquer la moindre magie véritable) dont l'unique règle est : « Fais ce qu'il te plaît tant que cela ne nuit à personne » ?

Je connais pas mal de gens qui seraient inspirés de s'en inspirer !

Bref, ma mère est une sorcière qui joue à faire de la magie. Dans sa pièce de méditation, elle possède l'attirail wicca : un autel, un chandelier, un balai, deux athamés (l'un à manche noir, l'autre à manche blanc), un chaudron, un pentacle, une coupe ouvragée, une baguette, un pot de gros sel…

Je sais, j'utilise moi aussi une partie de ces accessoires. C'est en pratiquant avec ma mère, enfant, que j'ai commencé à développer mes pouvoirs. Elle ne s'en est jamais vraiment rendu compte. Tout au plus a-t-elle constaté que les énergies venaient plus volontiers quand j'étais dans le cercle avec elle. Elle m'a entraîné plusieurs fois dans des « covens », ces rassemblements de wiccans célébrant leurs rites en pleine nature. Mais mon père a fini par mettre le holà et j'en suis resté à nos séances strictement familiales.

C'est à compter de ce moment que j'ai décidé d'aller plus loin. Seul, pour ne pas effrayer ma mère.

En temps normal, j'aurais dit oui avec plaisir à sa proposition. Mais je crois que ce matin je fais vraiment une overdose de magie.

– Tu ne préférerais pas plutôt jouer aux cartes ? je lui réponds d'une voix lasse.

Elle marque un temps d'arrêt. Je la sens déçue. Elle m'observe attentivement, à la recherche d'une explication. Un large sourire renaît sur son visage.

– Jouer aux cartes, répète-t-elle avec un clin d'œil complice. Très bien ! Ressers-toi du thé, je reviens.

Je ne peux m'empêcher d'être inquiet. Que va-t-elle inventer, encore ? Elle n'a quand même pas fabriqué un jeu de cartes en terre cuite avec des bouddhas en guise de rois et des saucisses de Strasbourg à têtes de reine !

Je me rassure en la voyant revenir avec un paquet d'apparence normale.

– C'est parti mon grand, me lance-t-elle avec excitation. On va essayer de voir ton avenir !

Des cartes de tarot.

Chassez le naturel, a dit un jour un jockey (ou un troll), il revient au galop.

– Ah, fait ma mère avec une certaine excitation en tirant la première carte qui représente une femme écartelant la gueule d'un lion. La Force ! Intéressant.

Intéressant, oui. Je trouve dans le personnage un je-ne-sais-quoi d'Ombe. Je me penche pour mieux voir. Pas du tout. Je dois être vraiment fatigué. Ou carrément obsédé.

– L'Impératrice, annonce-t-elle en découvrant la deuxième carte, une femme ailée assise sur un trône devant un bouclier. Étrange. Ah, l'Amoureux ! continue-t-elle en dévoilant un homme tiraillé entre deux femmes.

Étrange, en effet. Je ne connais pas d'autre femme qui… Je chasse d'un mouvement de tête le visage de mademoiselle Rose qui vient de surgir dans mes pensées. Et puis quoi encore !

Ma mère tire trois nouvelles cartes avant d'arborer un air franchement perplexe.

– Le Mat (un vagabond hirsute poursuivi par un chien), le Pendu (par une jambe, avec un costume bariolé) et le Chariot (un attelage de deux chevaux).

– Alors ? je demande, parce que le tarot ça n'a jamais été mon truc.

– La première coupe est assez claire, mon chéri. Visiblement, tu hésites entre deux filles ! L'une courageuse et pleine d'énergie, soutenue par la terre, l'autre puissante et bienveillante, tournée vers le ciel. Toutes les deux positives, je te rassure.

– Ça veut dire quoi ?

– Je n'en sais rien. Mais toi, par contre, me glisse-t-elle avec un clin d'œil, tu dois avoir ta petite idée !

Je fais mine de ne pas avoir entendu.

Et la seconde coupe ?

– C'est plus difficile à interpréter, avoue-t-elle en soupirant. Le Mat symbolise l'errant, naïf et insouciant. C'est une énergie en mouvement, une grande force, source à la fois de chaos et de vitalité. Le Pendu représente l'initiation douloureuse, la force intérieure acquise au prix de lourds sacrifices. Le Chariot enfin indique les difficultés vaincues, la violence et le triomphe final.

– Ouais, je réponds, dubitatif. Ça peut s'appliquer à n'importe quoi. Finalement, les cartes c'est comme les chiffres, on peut les interpréter comme on veut.

– Peut-être qu'une septième carte nous fournira une clé, dit ma mère en piochant dans le jeu et en dégageant un homme devant une table encombrée d'objets. Tiens. Le Bateleur. Le maître du jeu, qui s'amuse à égarer les hommes et aime les défis.

Elle soupire, range les cartes et se lève tandis que je retiens mon souffle.

– Et… ? je lui demande avant qu'elle disparaisse dans la cuisine.

– Aucune idée. Je me dis qu'il faut vraiment que

je m'inscrive à un stage de tarot ! Tu veux encore du thé ?

– Non merci, je réponds, songeur.

Malgré moi et parce que ça ne coûte rien, je trace dans les airs quelques signes destinés à éloigner la malchance de ma tête.

Finalement, j'aurais mieux fait d'accepter le bain d'énergies positives que ma mère me proposait tout à l'heure. Son tour de cartes a presque réussi à me foutre les jetons.

Remerciements

Mon admiration respectueuse à J. R. R. Tolkien
pour ses passionnants travaux sur l'Elfique ;
ma gratitude à Ambar Eldaron pour les avoir mis
à la disposition de l'internaute curieux !

Erik L'Homme

L'auteur

Erik L'Homme est né en 1967 dans les montagnes du Dauphiné. Après une enfance drômoise et des études à l'université de Lyon, il part pendant plusieurs années, sac au dos, à la découverte du monde. De retour en France, il se lance dans un doctorat d'histoire et civilisations, avant de travailler comme journaliste dans le domaine de l'environnement. Le succès de ses romans pour la jeunesse (*Le Livre des Étoiles*, *Phaenomen*, *Terre-Dragon*, la série *A comme Association* écrite avec Pierre Bottero notamment) lui permet aujourd'hui de partager son temps entre l'écriture et les voyages.

Du même auteur chez Gallimard Jeunesse

Le Livre des Étoiles

1 - Qadehar le sorcier
2 - Le Seigneur Sha
3 - Le Visage de l'Ombre

Contes d'un royaume perdu

Les Maîtres des Brisants

1 - Chien-de-la-lune
2 - Le Secret des abîmes
3 - Seigneurs de guerre

Cochon rouge

Des pas dans la neige

A comme Association
1 - La Pâle lumière des ténèbres
3 - L'Étoffe fragile du monde
5 - Là où les mots n'existent pas
6 - Ce qui dort dans la nuit
7 - Car nos cœurs sont hantés
8 - Le Regard brûlant des étoiles

Le Regard des princes à minuit

Terre-Dragon
1 - Le Souffle des pierres
2 - Le Chant du Fleuve
3 - Les Sortilèges du vent

Nouvelle Sparte

Masca, Manuel de survie en cas d'Apocalypse

Découvrez la trilogie
Le Livre des Étoiles
d'**Erik L'Homme**

dans la collection

FOLIO JUNIOR

LE LIVRE DES ÉTOILES
1. QADEHAR LE SORCIER

n° 1207

Guillemot est un garçon du pays d'Ys, situé à mi-chemin entre le Monde réel et le Monde Incertain. Mais d'où lui viennent ses dons pour la sorcellerie que lui enseigne Maître Qadehar ? Et qu'est devenu Le Livre des Étoiles, qui renferme le secret de puissants sortilèges ? Dans sa quête de vérité, Guillemot franchira la Porte qui conduit dans le Monde Incertain, peuplé de monstres et d'étranges tribus…

LE LIVRE DES ÉTOILES

2. LE SEIGNEUR SHA

n° 1274

Après son voyage dans le Monde Incertain, Guillemot poursuit son apprentissage de la magie à Gifdu. La Guilde des Sorciers est en émoi : elle ne parvient pas à vaincre l'Ombre, créature démoniaque, et rend Maître Qadehar responsable de cet échec. Le sorcier doit fuir, tandis que le mystérieux Seigneur Sha s'introduit dans le monastère. Qui est-il ? Pourquoi veut-il rencontrer Guillemot ? Saurait-il où se trouve Le Livre des Étoiles ?

LE LIVRE DES ÉTOILES

3. LE VISAGE DE L'OMBRE

n° 1319

La nouvelle a retenti comme un coup de tonnerre au pays d'Ys : Guillemot a été enlevé par l'Ombre, l'adversaire le plus redoutable qu'il ait jamais eu à affronter ! En le retenant prisonnier, l'Ombre veut accéder aux ultimes sortilèges du Livre des Étoiles. Malgré ses pouvoirs exceptionnels, Guillemot résistera-t-il à cette puissance maléfique qui s'apprête à dominer les Trois Mondes ? Une lutte sans merci s'engage…

Le papier de cet ouvrage est composé de fibres naturelles,
renouvelables, recyclables et fabriquées à partir de bois
provenant de forêts gérées durablement.

Mise en pages : Maryline Gatepaille

Loi n° 49-956 du 16 juillet 1949
sur les publications destinées à la jeunesse
ISBN : 978-2-07-510397-8
Numéro d'édition : 364466
Premier depôt légal : janvier 2018
Dépôt légal : décembre 2019

Imprimé en Espagne par Novoprint (Barcelone)